◎主编 段建军 赵强

——西北大学『抒雁杯』青春诗会优秀作品选
（第一辑）

西北大学出版社
·西安·

图书在版编目（CIP）数据

那只雁是我：西北大学"抒雁杯"青春诗会优秀作品选. 第一辑 / 段建军, 赵强主编. --西安：西北大学出版社, 2019.9

ISBN 978-7-5604-4424-6

Ⅰ. ①那… Ⅱ. ①段… ②赵… Ⅲ. ①诗集—中国—当代 Ⅳ. ①I227

中国版本图书馆 CIP 数据核字（2019）第 197743 号

那只雁是我——西北大学"抒雁杯"青春诗会优秀作品选（第一辑）

Na Zhi Yan Shi Wo

| 主　　编：段建军　赵　强
| 出版发行：西北大学出版社有限责任公司
| 地　　址：西安市太白北路 229 号
| 邮　　编：710069
| 电　　话：029-88302590
| 经　　销：全国新华书店
| 印　　刷：西安华新彩印有限责任公司
| 开　　本：787 毫米×960 毫米　1 / 16
| 印　　张：13.25
| 字　　数：110 千字
| 版　　次：2019 年 9 月第 1 版　2019 年 9 月第 1 次印刷
| 书　　号：ISBN 978-7-5604-4424-6
| 定　　价：36.00 元

如有印装质量问题，请与本社联系调换，电话 029-88302966。

本书编委会

专家顾问（以姓氏笔画为序）

田明纲　刘卫平　李　军　李剑利　汪　涛
谷鹏飞　姜　宇　阎　安　寇　嘉　董国强

主　　编　段建军　赵　强

副主编　杨遇青　李　彬　陈然兴　石琬璐

编　　委（以姓氏笔画为序）

马　凯　王理鹏　李芳民　张　昊　邱　晓
邵颖涛　尚　斌　殷大惟　陶成涛　贾浅浅
焦新波　雷　勇

特别鸣谢　《延河》杂志社
　　　　　　西北大学教务处
　　　　　　西北大学党委宣传部
　　　　　　西北大学党委学生工作部（处）
　　　　　　共青团西北大学委员会

序

"那只雁是我，是我的灵魂从秋林上飞过；我依然追求着理想，唱着热情的和忧伤的歌。"这是西北大学杰出校友雷抒雁先生的名句。抒雁先生1967年毕业于西北大学中文系，适逢"文革"来临，他写出了那个时代的最强音——《小草在歌唱》，以赤子之心和悲壮铿锵的笔触，歌唱出了时代的心声。而这首《那只雁是我》亦体现了他对理想至死不渝的热忱。

抒雁先生曾担任《诗刊》副主编、中国诗歌学会会长，长期以来关心母校的发展，与西北大学文学院有着密切的合作。2013年，抒雁先生辞世，为了纪念这位享誉文坛的杰出校友，鼓励、培养和选拔优秀创作人才，西北大学文学院以雷抒雁先生名字命名，创办了"抒雁杯"青春诗会，这是一个集学术性、文学性和审美性为一体的校园文化品牌活动。以诗歌创作、吟诵的形式表现新时代、新思想，抒写青春情怀，传承文明，继往开来。

自2015年起，我们在青春诗会的基础上，与西安美术学院联手举办了"诗性的印痕"诗歌版画联展，每年选取百首"抒雁杯"青春诗会的原创诗歌和百幅西安美术学院版画系"刻刀上的青春"系列活动中的优秀作品进行配对联展。该活动将诗和画相结合，不仅是对传统文化技艺和古人思想神韵的传承和发扬，还是艺术和文学形式上的创新和变革，更使得版画和诗歌相碰撞进而迸发出明艳的艺术火花。2018年，"抒雁杯"青春诗会再次有了新突破，与《延河》杂志社携手，联合举办了第六届和第七届"抒雁杯"青春诗会暨全国大学生诗歌大赛活动，可以说是将正在蓬勃发展的青春诗会推向了一个新的高度，一幅幅视界更为广阔、给心灵带来更多震撼的诗歌画卷展现于我们眼前。大赛众多作品在全球华语大学生短诗大赛、陕西省"公益阅读"、全国大学生"三行情书"大赛等国家级和省级活动中获奖，受到大秦网、华商网、西部网等多家媒体的专题报道，社会影响广泛。

"抒雁杯"青春诗会也是西北大学文学院在人才培养链条上的重要环节。我们在人才培养过程中，既重视知识教学，也重视人格养成；既重视学习者自主能力的培养，也重视全方位的助学，形成了任课教师、本科生导师、班主任、辅导员和高年级学生五位一体的助学形态，创设了多样化、多层次、有特色的师生学习共同体。创意写作工作坊、戏剧美育工作坊等组成专业创写共同体，科学选才鉴才，开展创作性创意性写作训练；终南诗社、我们诗社和小黑戏剧社等学生文创组织，定期开展了多样化的诗歌与戏剧的采风与创作活动；在此基础上，充分发挥"抒雁杯"青春诗会、黑美人艺术节等实践平台的作用，为创作人才的脱颖而出提供了有效路径与成长空间。在密切融洽、教学相长的学习氛围中，学生养成崇高的文化自信和自主学习能力，确立弘扬中华优秀传统文化的使命感和责任感；教师实现了从阅读、写作到行动、教化的经验转化，与学生形成和衷共济的精神共同体。师生之间的家国情怀、人文情怀和世界胸襟交融碰撞，光辉人格和丰富知识同时闪耀。近年来，学院推出了《文苑华章》《时光中的黑美人》等书籍专门展现学生的创作实绩；优秀学生作品在《中国作家》《延河》等国家一级文学期刊持续发展；我们在微信上开设的"西创可贴""西创文渊斋""西创风帆"等文创平台，累计发表原创文章1000余篇，固定受众逾3000人，影响深远。

"抒雁杯"青春诗会自创办以来，已累计举办六届，收到来自全国50多所高校大学生的稿件5700余篇，前四届的获奖作品曾结集出版《文苑华章（诗歌卷）》。此次推出的《那只雁是我——西北大学"抒雁杯"青春诗会优秀作品选》，集结了近两届"抒雁杯"青春诗会暨全国大学生赛的优秀作品，这些作品来源更为广泛，一定程度上体现了当代大学生的创作动态与水平。诗集分为四个部分：一是"飞过秋林"，选录两届诗会的现代诗获奖作品28首；二是"云天雁阵"，精选22位优秀校园诗人的代表作品50首；三是"雪泥鸿爪"，选录指导教师作品10首，以展示教学相长的魅力；四是"雁字回时"，选录古体诗获奖作品11首。

其实，抒雁先生就是那只雁，他的灵魂从头顶上掠过，飞入苍茫云海。每个热爱诗和远方的歌者都是那只雁，飞过三月暮雨，飞过五更晓月，"我依然追求着理想，唱着热情的和忧伤的歌！"当云天雁阵，飞过秋林，这本薄薄的诗集就是他们飞过的雪泥鸿爪，也希望雁字回时，春暖花开，我们再相会。

是为序。

段建军

2019年8月21日

目录
CONTENS

飞过秋林

山　艾晓丹　/ 3

黑色风韵　宾杰　/ 6

风不在这里　陈月颜　/ 8

你——日之诗，花之诗，月之诗（组诗）

段文博　/ 10

四月狂想曲（组诗）　黄显　/ 15

福州密码：我对世间万物保持中立（组诗）

黄鹤权　/ 20

枯木　焦皎　/ 24

蔷薇　简卫杰　/ 26

老狗之死　李继豪　/ 28

我喜欢简单而明媚的事　刘红娟　/ 30

一月　梁婷婷　/ 32

在这个平行的世界　林振阳　/ 34

我想到的地方　芦晨辰　/ 36

快雪时晴帖　孟甲龙　/ 38

比故乡更远的是走向母亲　覃昌琦　/ 40

白光　孙自秀　/ 43

爱人之墓　师小雅　/ 45

精卫遇雨　王年军　/ 46

游泳　王尤迪　/ 49

回乡（组诗）　吴英林　/ 51

晚来天欲雪　张奉强　/ 55

瓦上霜（组诗）　袁伟　/ 57

雨夜为蝼蚁辩白　袁伟　/ 60

瓜洲行（组诗）　袁伟　/ 61

男二舍观雨启示　郑一建　/ 64

在鸭绿江畔　张媛媛　/ 65

北上　张颖阳　/ 66

在风里除去一些凝固的东西　张康　/ 68

云天雁阵

致孩子　边欣月　/ 71

路过一棵杏树　代雨彤　/ 72

躺在床上观星象　代雨彤　/ 74

迟　董甦阳　/ 75

黑色放牧　段文博　/ 78

欲望森林　段文博　/ 79

凌晨的父亲是个伟人　段文博　/ 80

创世神话　段文博　/ 81

深夜故事　段文博　/ 82

泉水、羊、我　段文博　/ 83

人行道　冯少康　/ 84

海　冯少康　/ 85

星　冯少康　/ 86

老式风扇　冯少康　/ 87

月　冯少康　/ 88

灯与夜　黄文洁　/ 89

小干村　贾星　/ 91

一个打雷的上午　贾星　/ 93

阳光下　贾星　/ 94

败仗　贾星　/ 95

哀歌　贾星　/ 96

今夜，我在尕日拉　李鹏山　/ 97

我们仨　李欢欢　/ 99

暗恋　李梦婷　/ 100

致祖母（组诗）　李梦婷　/ 101

以吻　梁婷婷　/ 104

我是一场梦　梁婷婷　/ 107

袖　马才旦卓玛　/ 111

一个女人讲的故事　马思齐　/ 113

车厢　马思齐　/ 115

希望　马思齐　/ 116

尾声　马思齐　/ 117

夜　马思齐　/ 118

归去（组诗）　穆卓　/ 120

祭萧红　孙昱琨　/ 127

隐士　王可丽　/ 128

山行　吴英林　/ 130

深秋乡宿　吴英林　/ 132

烟　吴英林　/ 133

黄昏见湖畔火烈鸟雕塑　吴英林　/ 134

独坐　徐振宇　/ 135

三月在雨中　张颖阳　/ 137

门　张颖阳　/ 138

第二天　张颖阳　/ 140

二月　张颖阳　/ 141

夏日公交　张慧　/ 142

候鸟　张慧　/ 143

屋子里的女人　张婧　/ 144

糖有多甜　赵佳　/ 146

我的头顶长了一棵树　朱怡蘅　/ 147

雪泥鸿爪

致那些曾经流亡西伯利亚的诗人　贾浅浅　/ 151

在郑和公园想起1405年的夏天　贾浅浅　/ 153

画　焦欣波　/ 155

公路　焦欣波　/157

关于手指的禁忌和谋杀葫芦兄弟的秘密

邱晓　/159

偶过荷塘，我想变成一个哪吒　邱晓　/163

人间的温水　尚斌　/165

大雪驶过古郡县　尚斌　/166

明月的温柔　杨遇青　/167

戈壁生涯　杨遇青　/169

雁字回时

忆江南（联章词）　刘明宇　/173

蝶恋花　邓博　/174

梦祖父母　任松林　/175

蝶恋花·念旧交　宋声钰　/176

七绝·清晨牧牛图　肖云　/177

临江仙·与陈江二友郊游有感　杨宝　/178

七律平起·过秦庄襄王陵　张丰恺　/179

浣溪沙·尖岗岭寄怀　张皓文　/180

采石矶怀黄仲则　张子璇　/181

行香子·嘉峪关　张颖阳　/182

闻中通发湖北有感　张洒洒　/183

附 录

《第五届"抒雁杯"青春诗会优秀作品选》序　邱晓　/187

天意君须会，人间要好诗——《第六届"抒雁杯"青春诗会优秀作品选》序　刘炜评　/190

飞过秋林

——那只雁是我,是我的灵魂从秋林上飞过(雷抒雁)

山

艾晓丹

母亲再嫁后的第四天
我去见你。

我问:"你怎么越长越矮了?
不能再让我骑坐在你肩头登山。"
你笑着说
"人老就会变矮,
就像冬天的大山,会变得光秃苍白。"
我也笑说:"老爸你才四十二岁,怎么就老了呢?"
我以为你会像以前一样,敲我的头,和我争辩
但你没有
你几乎是仓促地背对着我
低下了头。

我看你的背影
像极了乡下家门外的山。
可是父亲
那矮山一年会新绿一次,一岁能变高一点。

而你呢?

你的背什么时候能挺直一次?

你的发什么时候能再黑一回?

什么时候,我才能再和你去爬一次山?

而我会不会分不清

眼前究竟是山

还是你。

父亲啊

我会长高得慢一点、再慢一点

你要年轻得快一点、再快一点

等春天再来,我们去爬山吧。

我会压低我的肩膀,

而你

一定要挺直你的背梁。

在矮山长高的春季

在杂草变绿的春季

在柏树生芽的春季

我一定去见山,

和你。

作者简介：

艾晓丹，女，1997年生，籍贯为陕西省宝鸡市，现就读于西北大学文学院汉语言文学（创意写作）专业。

黑色风韵

宾 杰

既然,烟红的太阳已经滑落

昏黄的幕布徐徐降下

空灵的黑暗把所有的光影覆盖

那么,我的行走还有什么意义

赶赴大凉山的山野,幽蓝的土地上

一种清明透亮的光泽缘草滋长

我知道,众多缥缈曼妙中最感伤的一只

就是我梦中舞动的精灵

她步态隐约,轻灵的身姿如银狐

超越了沉重的肉身,在腾挪万象的夜空下

回应着心跳的滑行

我愈来愈想念冥冥中的成全,成全路上充满的魅惑

在苍凉和悠远的岁月中

点燃残喘的灵魂,让所有的秘密都在黑夜里恣意地燃烧

我定神凝望,有时我害怕这种审视

眼下,我是否已经拥有夏季,完全的雨水倾洒的夏季

有一层浑浊的光晕在夜空里沉浮

灵光乍现的时候,行走在时间和远方的夹缝中

我该如何编排错乱的思绪

所谓的情缘不过是一场邃然失落的冷雨

淹没了萌动的爱恋，我悲伤如鹰

悲戚的嘶鸣划破夏夜的孤寂

只是那沉落的太阳和暗夜的星点

是否还会遥遥相视

夏夜的山林，幽深得令人惶惑

是谁为信仰与情爱所触动

是谁在沉溺与忘我中来得更为简单和清爽

又有谁能够把痛楚反复咀嚼，研磨时日

滴血洞穿宿命的昭然

我知道，那坚贞的信仰和情爱

会带给一个浪游的诗歌者，反复的沉溺

一种真正的唤醒

作者简介：

宾杰，彝族，1995年生，籍贯为四川省凉山彝族自治州，现就读于西南财经大学。

风不在这里

陈月颜

凌晨的夜是一口温驯冰冷的湖
我们在雾里　打捞星子
初秋浮出水面
注视以沉默
拥抱以疏离
这一万滴水和八千缕风的孤岛

没有家想回
红墙纸边坐定
昏黄的灯光渐暖
厚切羊肉在铜锅里煮着
我们弹着木吉他唱起歌来
眼里弥漫着这座城市的水汽

只愿多一些这样的夜晚
大风刮过大湖
野孩子偷来火把和庄稼
我们杯盘狼藉

频繁做梦

直到所有的碎片都落地成灰

没有人要走

可你说风不在这里

吸一口桂花冷雨的夜

转身离去

沿着生锈的老铁轨走到黎明

作者简介：

陈月颜，女，1997 年生，籍贯为陕西省西安市，现就读于西北大学文学院汉语言文学专业。

你——日之诗，花之诗，月之诗（组诗）

段文博

（一）井

你如同一朵盛开的水井

我轻手轻脚，听一块掷石子的声响。

荒原降临于诸神的黄昏，而我

在新鲜的荒芜中逢着你。

生一种灵魂出窍于幽草丛生的感觉，可值得玩味？

荒原、水井。我期待从你心里生一棵树

让轻薄之士放逐于虚空，求你的闪烁

愿你的树不要是月桂，求你的清凉

昨夜接近凌晨时候，你把一颗种子送来了

一头鬈曲的羊载着，你如唤起一遍孩子。

你能想起一圈圈的偶然吗？如一个精致的谜语

在尚不知归来的曲径。山羊胡子，一把尺子

不知你能否看到，一匹斑马跑过今夜

（二）心　字　底

一切降临值得体味，如阳光正暖，如
你有一片书桌，你照片里的滤镜。
如三千萤火落入银河，滤镜你偏爱暖色

如同一个伟大的试验场，你——
使我不得平静，花朵慌乱，杂草再次丛生
在下一片花瓣飞走之前，残云还在漂流

我求得一些隐秘的线索，使我辛劳
从河里取水、灌溉、捕鱼、做梦
在下一片叶子飞走之前，我打柴，同时执着于敏感。
通感能传递阳光的失眠，兼有青铜色的落寞
正巧，战后维京人忙于料理世界树

汲水、做梦，继而"纤手破新橙"
把一件童话织成一串神话，再画上红山流行的陶纹

（三）隐

窗台上那只死去的工蜂还在，胜于
福尔马林截留的清晰。

美感两匙，盐少许，有了含蓄的滋味后食用更佳
蜻蜓于远处传来点水式的关照，偏能心安

你比丰饶的土地更有意义
你离我很近，而我精心地推搡着距离
我有双重罪名，设若距离可以赋予苟且以
不作为。而一个微笑让时空纠合，神经错乱

早已有之的意外与合理，精准到一个微笑
我把这一切载入日记，但不会告诉你
我把波澜藏进井里，不留下……

（四）冥

假如春日校园里花木灿烂
独自去洞穿，告诉它们心痴的人心更怯
花开出的欲望比我更多半句调笑

可曾记得上巳节的溱洧二河
女曰："观乎？"士曰："既且。""且往观乎！"
呵，古人的旧书里生着情愫，长着瘦眼睛。
"伊其相谑，赠之以勺药"
我一个人的影子打在芍药上
一只工蚁静悄悄活在我影子里求阴凉

"桃之夭夭",你笑着桃花便红了"灼灼"
隔着屏幕,我用发送键搭建一所房子
隔着一层艰难的梦,我曰观乎,你曰既且
再心照不宣一场"且往观乎"的盛宴

(五)歌

像一滴水滴入了平湖,像一只蜉蝣
你和树的摇曳有着动荡的力
在三月里我只能接受沧桑与摧残

凌厉徘徊幽思千里外
心脏在悬崖失足,从东漂流,一路向西
南国归去兮,高歌至北。
白色的三月,城池毁灭的三月
三月里没有花瓣再经得起寂灭。
语言回荡充耳莺啼皆汝声

总算屈原唱着《山鬼》,迤逦阊阖开
我用了隐秘的法则记录你的数字
如同抓着一个鱼钩钓起夏天。
就冲着天气晴暖,暂时我还对生活保持善意

（六）小　　鹿

写诗的幸福串联了所有日子（与不幸）

在画你的句子里指挥军队突围

反包围这一试验场里的大雾弥漫

神性在诸神消亡后得到持久性缅怀

建一所房子在星空在田野里升华

而你是世界是风是大雨泻于天

是我静脉里游丝一般的关切

谷雨时节东边日出西边雨

火烧云燃起半片天空半条河

历史韵藻现实，蛙鸣鸣于太空

繁华景区的荒古里人流如堵

我只求一片水井安放清凉

你是星空动荡盛开如河

作者简介：

段文博，男，1998年生，籍贯为陕西省商洛市，现就读于西北大学文学院汉语言文学专业。

四月狂想曲（组诗）

黄 显

（一）海水狂想曲

大风席卷蓝色的灌木丛，风也变成了蓝色

海面呈现绿色，海水甜得发腻

贝壳与沙砾从一座岛屿，飞向另一座岛屿

椰子树低头编织天空的影子

那看见最后一片棕榈叶的人，思想塞满希望

心中默念：人人生而平等

装有煤矿的火车在夜里飞驰

用那燃烧的黑色魔鬼构筑一个贪婪的城市

人们在梦里演绎永世的安详

翻过身来，高楼瞬间崩塌

无数玻璃碎片拼凑成一面末日之镜

镜子的反面刻满爱情和法律

在海风的吹拂下，映射出人世间最苍白的脸

潮水退去，我双唇紧闭

我从海平面升起，不禁按住刺眼的太阳

在涨潮之前，不禁告诉白色海鸟

一个关于黎明的故事

（二）坠　　落

我在这里坠落，和我的心一起

　　坠落

我坠落在一颗星球上，这里是万世的荒芜之地

乌鸦与白鸽结成夫妻，黑暗与光明捆绑在一起

　　坠落

坠落在一望无际的红色土地上，迸发出一颗太阳

我和你，我和世间万物，坠落在这平凡之地

快逃离这万有引力，享受大雨拍打赤裸的身体

　　坠落

永不停止的坠落。我是万物之王，万物和我一起坠落

蝙蝠化作黑暗的精灵，在我耳边低语

我和蝙蝠一起坠落在光溜溜的山顶

我是受伤的麋鹿在田野间跳跃

我是沉睡的火山在这一刻清醒

坠落

　　坠落

送信者到来之前，我将所有咒骂踩在脚下

坠落在无休止的坠落里

（三）城市描摹

破碎的心脏升起袅袅炊烟

光怪陆离的城市上空

覆盖着工薪阶层的奋斗蓝图

酸雨过后，一只鸽子扑打着泥泞的翅膀

跌落在潮湿的十字路口

车辆和行人匆匆碾过，留下焦虑与不安

高耸的写字楼里重复着一天天的机械运作

像火车搬运煤矿，白领搬运文件和苦瓜脸

饱食信息的邮箱

胃部爆炸于一次网络恐怖袭击

从公司到公寓

他们候鸟般完成了一日一度的迁徙

凌晨两点半

在廉价沙发上收听无声电台

与宇宙另一端的无眠者同病相怜

（四）眼睛国度

在众多国度之中

他创造了一个眼睛的国度

人们只需辨识彼此的眼睛

就可获知所有信息

他们瞳孔的颜色便是彼此灵魂的颜色

不同的灵魂，在静默的国度里不分伯仲

靛蓝、朱红和炭黑

每一种颜色都与遥远的星辰相呼应

这里没有傲慢的统治者和流浪的旅人

只有熟悉或陌生的眼眶清澈如水

无论轻雾缭绕，还是日薄西山

人们注视着彼此的眼睛，一言不发

愤怒、喜悦、怜悯、恐惧

只由眼睛，这个无声的邮差传达所有情绪

待到石榴花吐露血色的芬芳

一个澄澈的眼睛映入他的眼睛

神秘的微风席卷整个国度

于是他的瞳孔褪成牙白

在圣洁的雪峰山上，变得水晶般透明

（五）杯中呼号

他活在巨大的杯中，等待狂风。还有暴雨唏嘘

白昼，杯子的世界里，他是自己的王

统治所有灰尘和菌类

挥霍那一方小天地里的阳光、水和些许空气

而凌月当空，第五交响曲编织了夜晚

在寒冷的杯中熬过整个冰川世纪

气温掳走了他的反抗力和所有言语

那些曾经让他引以为傲的谈资

如今已被藏匿在空荡的杯底

翌日清晨，一切周而复始

他是高高在上的王，也终将沦为夜的俘虏

永世的循环终于被一只该死的黑猫打破

于是他的躯体被赤裸裸地摊在干裂的水泥地

窗台停驻几只灰雀，沉默不语

此刻，圆鼓鼓的眼珠

使他像一条午后惶恐的金鱼

作者简介：

黄显，男，1998年生，籍贯为湖北省鄂州市，现就读于怀化学院商学院财务管理专业。

福州密码：我对世间万物保持中立（组诗）

黄鹤权

（一）我此生一直听雨

我此生一直听雨。活得久，就围桌而坐，
谈坚硬的，谈柔软的，所有微小的事物
活得不久。就邀门外的月儿、风儿、树儿进来
请她笑，用大而重的颗粒

第一次，我对着门前的四月
轻启唇齿，把说出的话打了个结，攀附在一根钉子
第二次，因一场安静的雨。跑走，走得过于慌忙
来不及听雨，一粒初衷要落地的声音。作为
性情中人。这遗憾得伴我残年

可我庆幸，我两次经过她。在同一个地方，
在冬天的雨中。我落在作坊的枝头，鸣叫不已
她呢，从来不过问我，只顾往南走
捡起细碎的疼痛，一支酒杯，两瓣云雾
默数一角屋檐下，扭了腰身来不及飞起的燕子

在她老去的时候,雨一直下。洗去灰烬,

安静的像一丛小云,大多时候

她的模样让我舒坦

(二)归　　来

外边的天是阴的

一枚枚水滴

静悄悄的,亮着小身子

往大地的水坑找到了突破口

里边的我。

对着窗外的世界,

望了望。不知所措……

"没什么大不了的"

你要是从幽林谷归来

重重的,用你的静电抱紧我

我也会滴雨

(三)父亲是这样的

父亲是这样的

温顺、知天命、不爱与人争吵

喜欢街道、书店、广场和红玫瑰

喜欢收藏一切和旧有关的东西

邮票、硬币、瓦片、红绳
喜欢冬季、越来越冷的河流，
和她。那个往昔的旧情人
喜欢在我皱成一团，双眸无神时
赐我没完没了的
——提醒、误解、感动
他喜欢着我喜欢的。
除了我们，在他看来
世间事不值一提。

但有时，却不像我所说的那样，
他并没有那么完美。
一个人前笑脸、人后忧郁的男子
他应有的都没有，
常与母亲达不成隐喻的欢乐。
他迟钝，常吞没于云雾，坦白
自己是孤独的。
还让我羽翼未满，闯入黑得发亮的世界
甚至，不肯向我交代，
身体里那纵横开的故事和疾病。
想哭，所有需要的，该被分享的，
他都尽可能地遮蔽
都隐瞒着我。

唯一一件值得一说的秘密

也来得不太容易

——被我灌醉酒之后。

他说，这辈子有个小小的心愿

老了在镇内一间小房安扎

那里，铁门长满黑锈

青苔挺立，努力向天空敞开所有的叶孔

所有的植物，都在

经历光线、水流和生机的碰撞。

那是他中意已久的地方

——老报亭

我想，这入场券有人会满足你的

亲爱的，那个人是我

一定是我。再等我一会。就那么一会，

我将收留你所有的疲倦

和你一块，把那旧报纸和老的褶皱一点点说开，

说成句子，

说成又大又圆的故事，

一辈子

作者简介：

黄鹤权，男，1997年生，籍贯为福建省，现就读于福建农林大学金山学院行政管理专业。

枯　木

焦　皎

你赠的尺
过耳蜗、心室、脑三点做圆，
圆心是
立在你窗边咳嗽的远方神灵。

半熟的果在尖啸，枯木
不需要今秋丰茂的雨水，
不需要白雪做棺。

叶脉涌动大雁塔彩色夜中的泉，
木枝上有强壮的夏风
和我的脚印。

生与其他
不会经讨的
是未成形的黄金，苍白的黑暗梦魇。

我和枯木真正想要的，一如诗的起始之前

众人知晓,

我不可妄言。

作者简介:

焦皎,女,1996年生,籍贯为陕西省安康市,现就读于西北大学文学院汉语言文学专业。

蔷　薇

简卫杰

一株静谧的植物，静静地绽放，人们已不能静观其变
蔷薇与人之间最大的隔阂在于表达之中，
它不断吸收、不断吐露
一位无声的主人，牵引着我们躁动的内心
我们为它注入水分、注入阳光和望眼欲穿的深情

我们与植物互相束手无策，
只能跟随着它移动、开花和享受沉思的宁静
蔷薇一言不发、正襟危坐，
我们的归宿不在别处，在相看两不厌的山口
天然的装束配上姣好的身姿，
在一声狡黠的微笑中，成为天之骄子
抖擞着的花瓣和绿叶，
和不断翻动的书页之声共同筑成生命的韧性

润白的皮肤晶莹，
红色的花朵是心脏，
散发出的气息在狭小的空间中流淌

对一朵蔷薇的定义就是对其夸赞，

它的神秘之处恰恰在于它少于变幻

仍难以靠近，让人寝食难安，

我们均禀性难移，这是让人迎难而上的契机

蔷薇站在阳台上是最美的风景，

移步入花园也是难以企及的魂灵

夏日已经耗尽，

清晨的第一滴露水也已悄无声息，

一些残酷的时令悄然而至

用蔷薇来给今日命名，

以抵抗相识的惊恐、无动于衷，

以及后来任何的琐屑都不能将其抹平

一株植物存在的理由，

不是观赏，是静谧，

蔷薇与我的互相发现，是在夏与秋的转瞬之间

像云与太阳的嬗变，

像一颗殚精竭虑的肺腑与从容不迫之间的心照不宣

作者简介：

简卫杰，男，1991年生，籍贯为陕西省渭南市，现就读于南宁师范大学文学院比较文学与世界文学专业。

老狗之死

李继豪

在父亲不经意的描述中
这几年，它越来越害怕响声
那是一个雷雨大作的夜晚
父亲已记不清听到过什么
很多细节只能靠想象来补充：
它在颤抖的雷声中挣脱了铁链
一跃而起，从院墙头俯冲而下
正如我多年前见到的
它年轻时迅捷有力的模样
可这一次，石头绊住了链子
也绊住了那条不再坚硬的命
在这个漫长的秋天，我常常梦见它
梦见它悬挂在院墙头，就像
一个不堪老病而上吊的人
就像一个秋风怎么吹也吹不落的
野柿子。指着那个空荡荡的窝儿
在日落后越来越浓的黑暗里
父亲又一次提起它，还是那句话：

"十三年了,都没给它取个名字。"

作者简介:

李继豪,男,1996年生,籍贯为山东省淄博市,现就读于华中师范大学文学院汉语言文学专业。

我喜欢简单而明媚的事

刘红娟

从一滴绿开始
我喜欢简单而明媚的事

风坐在阳光里
把光阴打成结
河流穿过石头，把波浪抱在怀里
一粒种子，或者所有的种子
都可以叫春天
天变蓝，云变白，树变绿
所有的颜色
皆是春天的外套
绿绿的村庄
白杨树笔直地站着
风吹过，乡音四处流淌
我喜欢老去的村庄
像喜欢暮年的爱人
它们都擅长
在皱纹里开花

作者简介：

刘红娟，女，1992年生，籍贯为甘肃省通渭县，现就读于西北师范大学文学院汉语言文学专业。

一　月

梁婷婷

一月我在河里

上不了岸

二月你挟裹着风　刮向我

三月我们并肩看到日出

光晕　鼻尖　微暖

四月有花

荼蘼未完　香味很淡

五月涌来的时候

就像酒鬼见了烈酒

戒不掉的沉迷

想醉的时候

任是什么都充斥酒味

六月就是六月啊

云很美　很喜欢天的颜色

从你那里听到了不少故事

七月带来熏热

你总有本事让我魂不守舍辗转反侧

八月里

我们分开　各自去了一些地方

总觉得白水是勾兑了橘子味儿的

一秒饮下半杯　足够

九月的船

载着你

我在原地

十月下雨

不见转小　不见要停

十一月有个节日

想把我的猫送给你养

记得帮他抓痒　毛很长

要十二月了吧

你写了香气淋漓的诗

请不要给我

心之所至

我也曾是汪洋大海

窗外有雪

星星点点的

也不见停

作者简介：

梁婷婷，女，1998年生，籍贯为陕西省西安市，现就读于西北大学文学院汉语言文学（创意写作）专业。

在这个平行的世界

林振阳

雨点打在反光的地板上
我与他,身处于这个平行的世界

我静默地听着雨声
——我宁愿疯了似的
像个诗人

在这个平行的世界
雨是时间与空间的上帝
人的身躯里充满了黏液
人的身躯在平面中蠕动前行
我试图仰望另一个世界
在我的身上、脚下
我的背影所背负的——另一个世界
我想象在另一个世界
沉淀着我曾经四散开去的灵魂
与我的骨骼、血肉与初生
——还有我往日的痕迹

我会静静地思索

关于我与一棵树的年龄

还有我与星星触手可及

在这个平行的世界

我与他开始重叠

雨点敲碎了他的面庞

——抑或我的

让我在中途猛然惊醒

继续身负着这个世界缓缓前行

在这个平行的世界

我更愿意轻轻

轻轻地搅动雨声

搅动这山与水、死与生

俯首仰望另一个世界的宁静

作者简介：

林振阳，男，1998年生，籍贯为陕西省城固县，现就读于西北大学文学院汉语言文学（创意写作）专业。

我想到的地方

芦晨辰

我想离开这里

去一个地方

一个我想到的地方

我来到一片森林

看见了守林人

他踩着落叶朝着深处走去

灰色的背影

格外的坚挺

我又来到小河旁

看见了一条鱼

这是一条有理想的鱼

一直想跳出水面

他不能飞却爱上了天空

我又来到一片芦苇荡

到处都是飞鸟与野兔

鱼鹰捕鱼

听远处的牛哞哞长叫
风车在野风里发狂似的旋转

我走累了
躺在一片空旷的草地上
阳光洒在我的脸上
微风拂过我的面颊
就这样安心地睡着了
再一醒来
我爱的人在我的身旁
注视着我
他的眼神里充满了爱意
原来他从未离开

我多想让自己成为一个闲人
当一只小鸭子找不到回家的路时
我愿意低下身来问他的家在哪里
然后送他回家
那是我想到的地方

作者简介：

芦晨辰，女，1996年生，籍贯为安徽省合肥市，本科就读于江南大学人文学院中文系，现于上海外国语大学攻读硕士学位。

快雪时晴帖

孟甲龙

我很清醒,以至于懂得雪是一场意外
来自遥远遥远的星球
有幸邂逅了洁白灵感
十分别致,写下独属于你的修辞
和我欣慰的泪水

厌倦了城市的拥挤和尘土
我渴望一场涌现虚惊的魔术表演
新词、旧情、听觉或雪花
用另一种方式留下
纯真
模样

我爱雪,爱她蕴含的强大意象
自此 所有的词语为诗服务
所有的诗为雪服务
我的忧愁,被温柔覆盖
突然失去痛觉

我才适应了人间生活、动物甚嚣

作者简介：

孟甲龙，男，1993年生，籍贯为甘肃省会宁市，现就读于兰州财经大学金融学院金融学专业。

比故乡更远的是走向母亲

覃昌琦

在孩子的眼里,遥远的
是风信子越过稻草垛的整个冬天
在母亲那,比拍落身上的尘土更远的
是远行人绕过门前的槐枣
足音挂满枝头,翻过最后一个山坳
马鞍坡暗藏母亲擦拭不止的余晖

连村庄也足够远的
是我的兄弟在更远的海上
成为健壮的水手,每一次目睹
落日沉入海浪,母亲的铁锨头
便撑着一春虚构的芭茅草,仿佛
我的兄弟是那风信子受了召唤

我从马鞍坡向外走,逆光的远行
一如儿时攀附不止的岩石凉如水
在和我的村庄一样僻远的村庄
和我的母亲一样已过中年的母亲

用一样熟悉的方式讲古。
"倦鸟尚知归林,旧时话里说。"
从冷却的灰烬中寻找母亲散落的箴言
就像回想
炉灶里的火苗发出冬天的裂帛之音

布谷鸟预言来年开春
漫坡的映山红将有恩于耕者
也有秋收的洪涝。离家一千一百里
水漫过堤岸,稻子喝胀了水
蓬头白发的棉花泅过村庄,潓漫的洪水中
流浪的是一面面漆白墙,一张张翘首脸
在隆起的土堆上读母亲送我远行
一如深夜里一个人奔赴成千上万的故土。
还有更遥远的不及——
孩子追赶母亲的针脚,
山林里总有迟归的候鸟唱晚桃

又一次读母亲的时刻似乎更远了
母亲用二十年光阴送别我,而我
送离母亲的一次就像我生命的又一次分娩。
母亲离开马鞍坡,离开一个村、一个省
在廉租房里,那个咽下过余晖的异乡人
深耕内心的雪。直到多年以后

我突然明白，
母亲终究是一趟不断远行的列车

读母亲的时刻，土地生长槐枣的裂隙里照见我
比故乡更远的是走向母亲。
我是一只抟泥筑窝的燕子
在老旧的屋檐下仿造
孕育我的抽象的母体

作者简介：

覃昌琦，男，1991年生，籍贯为广西壮族自治区百色市，现就读于南京师范大学文学院中国现当代文学专业。

白　光

孙自秀

在太阳的中心还有一颗太阳

人们还在寻觅吗　波德莱尔
赋予意义吧
做人类纪元时代的游荡者　并且拾荒
但从黑铁时代再开始

在我之外竟还有一颗太阳
认清事实抑或梦境的刹那
巨大的热与亮
骰子一掷　偶然
击中我　有谁
也在接受光的暴力？

放开我的身体
像不再注视一个裸体

温煦的炽热　梦　抑或是现实的晕眩

炙烤炙烤炙烤
燃烧你这类似于人的脸孔

人们还寻觅吗
找到我！光与热　我已分不清
黑铁时代到来时
终于看见木末的

芙蓉花
坠地声砰然

就是这道白光　纷纷的白光
纷纷
开且落

作者简介：

孙自秀，女，1994年生，籍贯为陕西省黄陵县，现就读于西北大学文学院中国现当代文学专业。

爱人之墓

师小雅

如果我爱的人死了

我会挖两个不相通的洞

一个洞放他的尸体

一个洞让我陪他

中间的墙用来

挡住腐朽

我想自己要

抱膝靠墙

在黑暗里守到永恒

但若是我先死

他要照做

我会对他说：

我要你踏墙而来

让你的影子隔墙吻我

作者简介：

师小雅，女，1996年生，籍贯为陕西省汉中市，现就读于西北大学新闻传播学院。

精卫遇雨

王年军

花落因为软弱。夜雨落在湖里
如同积木落在溺死的精卫身上。
海中的坟墓一定过于逼仄，如同森林
无法囚禁羽毛。于是灵魂就化成了一只鸟，
抖动着虚构的翅膀，希望最后
以最深的海水为枝。也许
在填掉沧海之前，先要学会吞噬它，
或像一只玩具鸭子，踩在水波上
岿然不动，并朝陆地露出浅黄色的吻。
蜗牛、田螺、缠绕的月桂树，
纷纷使自己卷入同一桩不幸，
岸上的芦苇也没法阻止悲剧。
痛苦想必不是一项两栖的情感，
有话说的人往往嘴上衔满报复欲，
舌头分岔，以至于无法命中
词语的游鱼。而更为较真的方式
是在平静的时候，以记忆的别针
扎住事物的子集。

世界上最白的一双白鞋子
停在洪水退去后的沙滩上，
和患黄疸病的贝壳一起
以沙子为食。精卫飞过它们，
或在它们上方
抛下几粒肥沃的鸟粪。
此时傍晚的风在墙角呜呜，
倒是没法带来潮水急涨。
灰尘所不能增加的厚度
在肉体上不断产出，
连燕子也像是矿物一样
贴地飞行，仿佛要直入地层。
隔壁有人关上了窗户，
使想象力的门缝只能容忍一盏灯
纵容自己的弹性。农妇
正享用一顿如实的晚餐，
山中的鹧鸪开始思乡。
雨也许淋湿了一切，
木材不会第二次复燃。
火花如同鹰眼，一闪而过。
佛祖的泥塑经过多次朝拜之后
终于在庙堂里显露金光。
在雷声里，天空开始报复精卫，

闪电预示着一条河流从天而降……

女娲也于事无补。

当精卫再次分泌出眼泪,

这意味着它是被一种名叫"必然"的事物砸中。

它需要搬来同样体积的木料,

才能弥补自己的错误。

作者简介:

王年军,男,1992年生,籍贯为湖北省十堰市,现就读于北京大学外国语学院世界文学研究所比较文学与世界文学专业。

游　泳

王尤迪

我现在
无比崇拜
能漂在水上的生物
包括人
只有活着的人
才能浮在水面
以显示自己活着
因为死去的人
不会漂起来的
也就说明着
他死了

活着的人
要想浮起来
就要学会憋气
还要与水抗争

水是顽强的

没有比人虚的水

只有比水弱的人

水的顽强在于无懈可击

人的虚弱在于无力反抗

像叶子一样浮在水面

头轻脚重能少喝池里水

可人却立在池里

宛若扎根池塘的荷莲

一脚栽进泥里

命是保住了

可徜徉却不在了

作者简介：

王尤迪，女，1995年生，籍贯为山东省莱州市，现就读于南京师范大学文学院文艺学专业。

回　乡（组诗）

吴英林

（一）老　屋

深秋。祖父死了

祖母哭得像个孩子。那夜

我梦见，他们牛车的木轮滚得比牛更慢

于是，五十八年的爱情只有一半

一半红色、一半白色的唢呐号叫着

稻穗的饥饿只有一半，黑瓦和秋霜一半

牵着鼻绳归于尘土，是团圆，是静寂

是时间从未开始，是不可能

（二）旧　祠

我与枯池对坐，淤泥在莲梗下虔诚

没有万一，老松旁老妇的坟包没有万一

鱼的泪光里红亭扯着脖颈，瞧见

毛犬追着青烟，焚香的火尖上没有万一

老人左肩上的补丁，多年了

那时候，太阳很虔诚

森林很虔诚，火堆很虔诚

挑夫的先祖在虔诚，少妇的小腹在虔诚

那时候，诗人很虔诚，佛——

还在莲花座下

（三）推倒界碑

断刀收割着界碑上的石砾和血污

刻字残笔似老农人的脊背

一点火星与黑色的背叛各安天命

阳光从十里外的集镇跑来

在瓦窑的旧迹上推倒界碑

当霜打在残砾的黑色乳房上

石磨的瞳孔呜咽，一代——

一代溯回——篝火永恒的背叛

（四）腊　月

今天腊月初九，我在故乡

在童年的天堂披上雾衣

爬上山岗，望着老屋

颓檐像残败的深山古寺

幼年挑弄的乌雏早已老去

两个孩子摘走坟冢上三颗覆盆
我捧着最猩红的那颗
手里流淌出整个村庄童年的时光

镰刀、行宫和浣女的歌籁很轻
禁不起一阵夜风
吹动所有血痕的锈迹
最后一缕残红轰然坍塌
黎明四处奔逃

黄昏,祖父墓碑上——我的
名字前、孝孙的修饰低吟着伪善的挽歌
从腊月开始到腊月结束

(五)暗河之忆

溶洞里,扁担的尾巴解开锁链
挑夫暮年的脚步没有一丝风
祖父静止在远方的叹息
是黎明轮廓里抖落石钟的沉寂
流淌出酒精的琴弦和谷子的血液
燃烧,跳出一只沾满锈迹的鸽子

和一切暗河里的篝火一样，振着翅膀

偷窃所有太阳的欢愉和太古的祭

作者简介：

吴英林，男，1996年生，籍贯为贵州省铜仁市，现就读于西北大学文学院汉语言文学专业。

晚来天欲雪

张奉强

斜斜的，秋叶往树干的身体里飞

这些被叫作森林的事物，从秋天就

开始逃亡，凋落，睡眠，掩盖真相

秋天落尽的时候，就出发

去最近最近的地方寻找前世有缘人

千辛万苦踩过的石头都在世间变作了游戏，剪刀足够锋利

可你我都是愚钝的凡人，飘摇，弯曲，喋喋，不休，

负累着芸芸众生

的痛苦，把石质建筑立在风雪的高处，把虔诚

留在青灯黄卷最哲学的部分里供养冰刃、河流，供养生人

供养未曾谋面的另一个自己

晚来天欲雪，是不可言喻

的仪式，是天气，是征兆，是召唤，

是前生的自己、今世的自己，是把生生世世的

无数黄昏按进一个黄昏，把无数自己奔向一个自己

雨雪霏霏，却在地面不着痕迹，傍晚如此盛大

我却如此干燥，空旷，虚无，贫乏。木叶，萧萧

是季节吗，是天气吗，是征兆吗，是轮回吗，是

另一个我对我的召唤吗

经书就要诵完了，六道，轮回，要重来过

把身体里动刀的欲念在秋后放生，把石头归还

磨针的古人，把高处不胜寒的浮屠一层层关闭，把经书

放回藏书阁，把虔诚还于取经人，把自己放在

画家、诗人、说书人、思考者、平凡人

庸人和僧者的中间，或者是入住森林、草木

的身体里。我新的一生将会经历

哭啼、睡眠、春天、猎人、凋落和逃亡

我会重新困惑晚来天欲雪，会重新看见

斜斜的，秋叶往树干的身体里飞

作者简介：

张奉强，笔名余声，现就读于鲁东大学。

瓦 上 霜（组诗）

袁 伟

（一）制 瓦

泥巴的黄，是一种生命底色
为了不被生活过度洗涤而褪去
就要碾碎，用水调和，再借助一头牛
的四肢把坚硬和韧性摁进泥的内核
弓子用弹力切割，弦把一片瓦
所要担负的使命精准地射入泥里
然后敷在模具上定型，匠人的腰身微曲
计算出一个最理想的弧度，植入毛坯
青岗木炭，贡献毕生的燃烧值
土窑里的火热，是它们生命的最高温
此后至冷至热对瓦来说都不必过虑
铁青，是一层可以随时调节温度的肤色
炙烤让山村的瓦有了高度，或立或躺
它们都有大山一般顶天立地的气概

（二）瓦　舍

土，处于五行之末

而在一间瓦舍的结构中

它除了本身，还是金木水火

能容，量大，不一定是海

瓦也可以。只要它们彼此拥抱

就能收留无数生灵，供安身立命

一片瓦，是至阴至阳之物

而黄和青是无坚可摧的内外核

年岁久了，就用坠落提醒主人去检修

我对每一片瓦都心存敬畏，因为

受过太多苦难的人死后没力气升天

瓦舍，就是祖辈们唯一可以爬升的高度

（三）拣　瓦

木瓦房没能逃脱时间蛊咒

柱头和房梁再也隐忍不住疼痛

它的身子，就一年比一年斜

接连几天都有瓦片坠落，脆响

让我误以为竹节又被冻裂

也许寒潮将至，而这正是一种预报

借助云梯上到房顶，爷爷要在

大雪来临前给瓦片们翻翻身。因为

它们都上了岁数,患有骨质疏松

瓦上霜,注定存活不久,拣瓦的时候

爷爷曾用双手重启了温控阀门

瓦片将用一生的积温来反抗严寒

拣瓦,是专属于山村的修辞

大巧若拙。只有庄稼人能运用自如

作者简介:

袁伟,男,1995年生,籍贯为贵州省铜仁市,现就读于扬州大学农学院农学专业。

雨夜为蝼蚁辩白

袁 伟

赶在雨和夜的前头,逃难,惊慌,封闭希望。
洪水的咆哮声,正从远处追捕我们。
不是偷生,豆腐渣工程已经查明。
长年累月的卧底身份也将谢幕,在第一声
惊雷之中。背了太久的黑锅,
磅礴的雨、席卷的潮以及节节败退的长堤,
即将为我们洗白。
等来年春天,我们还会迁徙回来,
扛回坚强的沙粒和硬骨(钢材)
填充、加固施工队遗留的空洞。
那时,我们可能正青黄不接
唯愿——雨季短一点
水位低一点,世间对我们
的误会,也变浅一点点

瓜 洲 行（组诗）

袁 伟

（一）雨中漫步

一场秋雨先于我们到达

缠绵，提炼出瓜洲的诗意

几只撑伞的蜗牛，彳亍

用双眼的焦距定格每一片风物

树屋玲珑，极像外婆家的吊脚楼

只是缺少了堆放的柴草和啼叫的牲口

秋叶落下，在雨中翩飞、起舞

像集体出游的蝴蝶

我们的头发，像河岸边的水草

在萧瑟的风中摇曳，思绪却异常清醒

脚步很慢很轻，害怕打破雨的宁静

雨中悠然，每步晕开的水波

都是一个跳动的音符

虔诚地，把自己交给脚下的

土地后。我们就成了景物描写的一部分

（二）沉　箱　亭

石碑上的字迹有些斑驳

一种错愕和悔恨却清晰可见

这场不期而遇的雨和瑟瑟的风

像是几百年来，未曾放弃的控诉

试图找到十娘沉箱的位置

杂草和建筑挡住了我的去路

茫茫的江面一片沉静，百宝箱

把汹涌和澎湃关在江底

从良是一次冒险赌博，她孤注一掷

试图从封建礼教中赢得一份爱情

命运不辰、风尘困瘁，她的梦

在这两个词语中支离破碎

折磨、蹂躏，这来自身心的苦痛

纵身一跃后得到解脱。还在故事内

我们的传颂和瞻仰，都只是一处伏笔

（三）瓜洲古渡

不仅仅是书法或汉字，这

更是时光反复的雕刻和摩挲

摸着凹陷的槽子，我的手

仿佛正在感知一段岁月的变迁

像一个缄默的守望者,它

在雨中矗立,面对那涛涛的江河

一个废弃的码头,向前延伸

在破旧的石板路上,似乎

还能感受到以前的熙攘

风从江面吹来,带着淡淡的鱼腥味

行李箱里也许还装有一张旧船票

可过往的船只,已不再靠岸、停泊

只有不时响起的汽笛声,依旧在

反复地强调曾经的热闹和喧嚣

像历史的再次涨潮,江面水位越来越高

男二舍观雨启示

郑一建

群山脱着雨幕裸奔,在广大的岩石上
田鸡迈开双腿,成为我心中的力学专家
轻轻地弹跳之中,存在比我更深刻的落寞
赞叹田鸡,就是赞叹带水的胸膛和后腿
那样沉着有力,不偏不倚,一翻身
就越过森严的坡地,直指我的内心
田鸡猛于虎,锋芒丛生的迷雾之中
迅捷好似菜刀,只是为了生活,弯腰
再跃起,为了爱,弯腰,再跃起
坚定不移的眼神使你的后背暗暗发热
有一天你见证了无边的焰色滚滚
就会领悟田鸡
成材之路上的快乐和叹息

作者简介:

郑一建,男,1997年生,籍贯为福建省莆田市,现就读于福州大学海洋学院机械学专业。

在鸭绿江畔

张媛媛

为冬捕凿下的冰此刻正逆着江水上浮
如从远方飘来的小冰山，在水面下
隐匿着巨大的危机。冬天曾如此柔软

在江畔，无数个细小的春天已尖锐起来
它们正和江水一起涨满我的腹腔。
我欲吞吐山河了：在这边境的小城

以经纬命名的街道或者工业旧址上
我看见陌生的荒凉跳出巴士，旋即
登陆孤立的方言区，焦灼地吞咽下

翘舌音，又在桥上吐出黑色的巨型货车
甚至迷你摩天轮。而水边，那些未知的
声音的波形正使我身处两个极点之间。

作者简介：

张媛媛，女，1995年生，籍贯为内蒙古自治区，现就读于中央民族大学文学与新闻传播学院中国现当代文学专业。

北　上

张颖阳

北上的列车，
跋涉青山、湖泊、原野。
刺破永恒的时间，
从过去看到未来。

铁轨与车轮的摩擦，
一声声诉说，一轮轮动荡。
列车长鸣，
踏破山河，撕扯时光。
溅起尘埃飞逝，漫天舞蹈。
如蝶之美丽、叶之灿烂，
却比我古老，

它说你为何在这里停歇，惊扰我安眠。
你只是一个过客薄情，
将我热烈唤醒，
又将我冷漠抛弃，
你带不走我。

无言沉默，

恨我只是一个浪子，

载不动一粒尘埃之轻。

新鲜的铁轨，

剥落的车站，

永恒的站岗人啊！

你可见到落在你肩头的尘埃里，

有我父母的爱情。

永恒的燕赵大地，

你热烈唤醒我身体内流淌着的父母的血液，

又让它冷却。

作者简介：

张颖阳，女，1997年生，籍贯为湖南省常德市，现就读于西北大学文学院汉语言文学专业。

在风里除去一些凝固的东西

张　康

起大风的夜晚

最适合除去一些东西

多余到头疼的感慨，用一把筛子

滤掉正在萌芽的悔恨

以及和时间一起长成的优柔寡断

水有多深，河就有多长

一只鸟儿飞得高了，一只就矮了下去

抒情的成分无须多言

想象的天空瞬息变换

灰烬从草木里燃尽

有一只鸟儿贴着雪地飞行

说得多了，思想就长成了一种木质的凝固

分不清往上是爬出深渊，还是向下是跳入殿堂

作者简介：

张康，男，1996年生，籍贯为陕西省安康市，现就读于湘潭大学公共管理学院图书管理学专业。

云天雁阵

——雁点青天字一行(白居易)

致 孩 子

边欣月

你曾遨游山岗,
将满山的野花拜访。

你曾赤着双脚,
跑过阶梯、长廊。

是什么时候
走上了疲惫的旅程?
欢乐的时光却从未被遗忘。

我摘下一颗星星,
放在你的手掌,
永恒在一刹那里收藏。

作者简介:

边欣月,女,1996年生,籍贯为陕西省西安市,现就读于西北大学文学院汉语言文学(创意写作)专业。

路过一棵杏树

代雨彤

我打一棵绿叶满枝、没有果实的树下走过
杏黄色的香气降下来
灌满了我的身体
我从而得知,这是一棵杏树

我想到杏肉的甘甜　喉咙发酸
杏仁的微苦　牙齿发涩
骨传导的咀嚼声被记忆唤醒
我又想到用石核砸开杏核　连续砸击的声音
我想到小杏
乡下老家的小杏
诗人于坚的小杏
小杏姑娘有一双杏眼
杏黄色的皮肤
杏黄色的心香
她打扮起来,一定用
杏黄色系的彩妆

在绿叶满枝、没有果实的杏树下
我觉得自己好像也涂上了杏黄色的胭脂
杏黄色的眼影
杏黄色的口红

作者简介：

代雨彤，女，1995年生，籍贯为辽宁省鞍山市，现就读于西北大学文化遗产学院考古学系。

躺在床上观星象

代雨彤

我给我的架子床挂上绘着星空的床帐

躺在床上观星象

薄暮降临的黄昏,莫涅瓦的猫头鹰

在盘旋、叫嚣

层层叠叠的褐色翅膀,托起

我的身体和梦境

天一亮它们就四散而去

褐色的羽毛和梦的碎片散落满地

我已经过了二十岁

为了活得长

不等星星出来我就睡觉

睡着以后我想到我现在很少写诗

我好像已在年轻的夜里死去

而我住在迷雾重重的地方

不睡也等不到星星

迟

董甦阳

迟了的人

触到了木门外的寒冷

棉被毫不张扬地耳语我

天空是灰蒙蒙的

闹钟的声音绕啊绕

还没绕进我的耳中

便冻得结结实实了

我才发现

今天,是属于冬的

迟了的春

对这灰白的世界无可奈何

愧于年轻人

它便将自己藏了起来

我大踏步地向前迈着

这默片一样的街景丝毫影响不了我的匆匆

突然,我的鞋底下传来一阵惊叫

我抬起脚来

脚下是粉萋萋的
我才发现
那枝丫上的几点胭脂
抬头盯着她看啊看啊
光秃秃的树干
怎得先落的会是花儿?

那叶也迟了
花泥与红砖相谋
微微点缀了瑟人的浪漫
诗人的爱情在我面前卖弄着
眼前是真真的美啊
时不我予的一双眸子
终也囊不住那逝去的尘土

该死，这菩提也迟了
它怎也形容不出早它一步的花瓣
像挪威的极光
像盲人口中的彩虹
交织的颜色毫不逊于雅典娜的纺布
即使冒着被变成蜘蛛的危险
我也要说出口
你也迟了

天穹不响，
我苦苦等待的那一声惊雷啊
你何时才能来到我的耳边
用那炸裂的声音告诉我
我也迟了

作者简介：

董甦阳，男，1993 年生，籍贯为山东省淄博市，现就读于西北大学新闻传播学院播音主持与艺术专业。

黑色放牧

段文博

书桌也该生出草原
好让白色黑猫放牧黑色白猫
黑色方块再次减免跳跃
你有众人的幸福而我有——
未成的房子。用我一寸幸福
期盼你坦荡河流
从此骨头生雪一如星空琐碎
或者,留白淤塞而不再深度

以我的经验,前者更具诗意
但诗意也如经验——
恰是你在远处而过滤了繁芜

欲望森林

段文博

钟声在五点准时睡去
染上金边，陈设在寺院升腾

没人听见大佛哭泣，没有人
在忙碌中恋爱。没人听得见
秋天树丢了外衣。人把衣服脱下一半
把记忆移植一半。丢下另一半
佛把袈裟舍去一半。肉身抛下
森林超越了一大半
森林载着野火奔向野火
没人愿说话并相识，野火沉醉

没人度化佛祖。
舍身饲虎与武松打虎不相识
城池开放。城池沉沦
人间煮沸。人间温凉

故去的绿袖子生了绿锈
春天小溪水忆起海子

凌晨的父亲是个伟人

段文博

以山河倒转做抵,售出
四十岁人的温度,购买工资

闹钟是阳光鸟鸣,风吹皱,丑时乍起
毛月亮洞照,劳动人民起身
如同晨读,蚕吃桑叶,脚步一点点碎去
一点点回声且做残味

出租屋空气可是稀释了些吧
六面墙壁渗入邻人之鼻息,和
像磁带拆线,淘汰的旧时光
复现一池新水,人机喧哗

蚕食的脚步再次响起,叶片翻动
蚕缚茧而睡。出租屋里再次稠密
一点点遥远归来的香味
那时,山河归梦,月影清明

创世神话

段文博

诗人从南方开花的地方归来
唱着一些难以验证的经验：
诸神从一开始便已死去

人愿意祭奠。采几株蓍草，写上
贝叶文，见证腐朽的神奇。
争斗，石器上滴着鲜花，带着人与兽的温热
争斗，新采的藤捆住梳理毛发的手，一个异性踩过蚁穴
月亮弯了又圆，安静，相妻教子

不被劳累的心只能慌乱，祈祷，建立神庙
把自己写进历史，洗澡，可爱的爱情，同时问候诸神
作为婴儿感到踏实，作为大管家比主子更踏实

诗人从南方开花的地方归来
唱着流言、神圣和秘史

深 夜 故 事

段文博

夜已深了。

父亲刚打来电话,他和母亲仍在归途。

我明天就要回校,手机放出歌

嗓音寡淡。

接近二十岁的人,有了候他们到家的决心。

奶奶房里安静,怕已熟睡

白天的她刚刚获悉——姐姐一家最终回老家买房

她心情不好:你们都离我而去

同时表哥的婚事也无着落

她未必不做梦:后辈呦,操不完的心。

年已过完,聚合的分子理应四散。

最近和妈妈闹了口角

对奶奶半聋的耳朵缺乏耐心

爸爸的辛劳没从我语言里收割安慰。

天上每一粒星光,都照着一只候鸟迁徙。

听到了爸妈归来的声音不觉得温暖:

"快睡,忘记了你明天要赶路?"

"好!"我佯装睡眠。

我把深夜捉住了,像鱼打翻了河流。

泉水、羊、我

段文博

给我泉水,我需要荒凉
有些时候人类需要荒凉。有些时候
语言一出口就成了岩石,就开成一朵猩红色。

月光下,鱼头上一朵月亮
我得轻轻翻书,找
到那页记着的祭祀。
有些时候,语言发明出来就得通神

借漂流写出的东西并不靠得住。
穷人在"穷"字的天宇下
羊在啃着,月亮弯成的麦

有时候,泉水搁浅了很久
没出口时便已夭折。时间爬上河流。
我,一阵宏大的进攻冲击突围
尽着人间最大的善意。留侯,猿猴?

人 行 道

冯少康

红绿灯:单调的换装大师
不倦的历史循环代言人

随机而来的观众们坐在狭小剧场里
他们的目光在高处,在其他的地方

你站住,眼前是缺失不全的琴键
可你必须跳舞,在心里,为了愉悦生活

作者简介:

冯少康,男,1998年生,籍贯为陕西省凤翔县,现就读于西北大学文学院汉语言文学(创意写作)专业。

海

冯少康

对于眼睛
它是一道丰饶的伤口

仿佛包含着万物
仿佛仅仅只是风浪

漂浮的金色疑问
在海鸥的叫声中明晰

回答变换着涌上沙滩
又永久地退去

星

冯少康

它们注定将为更大的光芒所遮蔽。
现在,它们表面上聚集在一起
为消解夜的虚无而提供着希望
而在缥缈的大气及死寂的真空中
一种巨大的陌生淹没了它们
就像琥珀里无法交谈的虫子一样

老式风扇

冯少康

它就坐在桌上,像一个朋友
只要你愿意,它可以永远向你倾听
然而它的嗡响的回答
只会沿一个固定的轴去旋转
在单向的虚无中,从你的内部
削弱你话语的力量

月

冯少康

冷冷的亮光
在街上路灯的大笑外
无声地出现又消散
像只越飞越远的鸟儿
挥动翅膀时的卑微

另一边
有更冰冷的黑暗
和永不痊愈的伤疤
来自太阳的安抚与教导
在表面流失,迅速遗忘

石的灰色面孔,没有泪滴

灯 与 夜

黄文洁

上帝关上了一盏灯
就熄灭了一双欲望的眼睛
曾经,那么炽热、贪婪地望向世界
而今,渐趋冷寂,独对自我

你能走出循环生命的迷宫吗
徒劳的抗争悲剧还在重演吗
何为生死,何惧生死
梦与醒,哪一个才是现实

不着急
你看,那浓稠无边、神秘缄默的夜
是你的来处和归处
你有一生去追问探寻

没有灯火和星星的夜
人们得与另一个我相遇
在黑夜的尽头、梦的边陲

一株带露的白莲悄悄开放

作者简介：

黄文洁，女，1998 年生，籍贯为湖南省岳阳市，现就读于西北大学文学院汉语言文学专业。

小 干 村

贾 星

这里的雨很快到来，
和北方的凌厉一样；
又很快离开，
和北方的拖沓不一样。
这里的雨会从山上流下去，
就像血液经过我的脉管，我流到这里。

十一月了，桂花熏开山的呼吸，
我们住进来。
西安的诱惑里没有，秦岭背面绞灭想象。
那里空气指摘人们的个性，
老马气喘吁吁，不胜绵力。
或许日后落叶的轨迹会作为导游，穿过
一片静谧。而蝉翼薄凉。

因为热爱，所以不敢奉承，所以
被抛弃。

只是一场雨,

一场来不及掩饰的雨里,

故乡,在笔下遁走。

作者简介:

贾星,1992年生,籍贯为陕西省西安市,现就读于西北大学文学院汉语言文学专业。

一个打雷的上午

贾　星

记住一个打雷的上午，
并不是容易的事。
面对钟表往返的蹄声，
任何褶皱都在被踏平。

当一个人毫无预兆，
在你平滑的神经上被绊倒，
而你看不清那张脸。
你意识到也许一座旅行过的岛屿，
更便于记忆。
却不知岛屿是否也像你般轻松？

你总想记住所有。
可所有是什么呢？
夜里星群飞过黑鸟，
只有遗忘看到了宇宙，
在它画布上浓墨重彩的并非记忆。
海洋汹涌无边沉寂。

阳 光 下

贾 星

阳光下翻开的是大地
沉默而疲惫的影子
风吹奏抚摸过的一切
多么谦虚的诚恳

躺进影子
时间爬上我的年轮
让我爱

我爱每一个温暖的日子
爱并怀念它们舔舐下的沉重

败　仗

贾　星

我拥有极度爱恋，
从同一个地方侵蚀我。

每天在一粒米一滴水中，
缝补生命。

这里有一杯好酒，
而我无福消受。
杯中翻出火焰，
检阅一支没有命令的军队。

简历铺开，
没有打过一场仗，
却败绩累累。

哀 歌

贾 星

光芒耗尽,
随太阳而逝。
在黑夜,
世界逾墙,
永远进入过去。

鸟儿找寻新的机会,
却返回旧枝,
年复一年,
它们在丢失。

哀乐偷袭生活的耳孔,
没有人因此停止旋转,
没有人哭泣。
最悲哀的,
正是如此。

今夜，我在尕日拉

李鹏山

今夜，我在尕日拉

高原，雨夜，薄暮

车行疲已至极

慌乱逃离海西公路

"扎西德勒"嘲笑过四个青年的寂寞

难眠，归咎在荒僻村落

海边的知己遥问我夜宿何处

我说我遇上了黑马河静默日出

而其实远山淡影

雨中的尕日拉并没有心情描画

蜷缩在越野车里

刺眼的手电筒将问题一一回答

不是梦想家，亦非朝圣者

今夜，我在尕日拉

这里是一处无趣

这里断不是归途所在

雨水笑出了声

其余，我已送走了渴望……

作者简介：

李鹏山，男，1998年生，籍贯为内蒙古自治区巴彦淖尔市，现就读于西北大学文学院汉语言文学专业。

我 们 仨

李欢欢

母亲是十足的苦行僧，
父亲是狭窄的伊壁鸠鲁派，
而我——
一个不折不扣的中间派。
穷则学父，富则思母。
如此，摇摇晃晃的一生
便得了归宿——

作者简介：

李欢欢，女，1994 年生，籍贯为河南省洛阳市，现就读于西北大学文学院比较文学和世界文学专业。

暗　恋

李梦婷

而花朵不能吐露

黑夜教会了她要对黎明天真

为此挣得的每一份辛苦

都是蜜的味道

作者简介：

李梦婷，女，1996 年生，籍贯为宁夏回族自治区中卫市，现就读于西北大学文学院汉语言文学专业。

致 祖 母（组诗）

李梦婷

（一）苦 与 甜

十二月的雪

飘落在她第七十个春秋

遵照医嘱

一日三餐，不敢忘病

观音大士前，我颤巍巍地看

枯叶尚托莲花的药片，待一阵清泉

狂澜回生

忍不住效仿吞一粒糖

如生活还能让我尝出许味道

（二）嘱 咐

她干瘪的脸犹秋天的瘦菊一朵

见到我勉强展笑

眼哭红也不敢投抱

枯叶易折,她说:
囡囡啊,路很长苦很多
阿婆在你前面呀

(三)镜　　中

时间从杏仁壳里剥出
剩皱纹,风干
可她昼夜不停,爱,希望
手指上的机杼,转经筒哭泣

直至在镜中——
我看到年轻的她

(四)雨

雨快要落下来,天色还在沉睡
隔壁阿妈家的窗帘起了风
桂花眯着眼,她的香气或能远颂了
可是枣,我红彤彤的枣能去哪呢

去年吃枣时,奶奶嫌酸
今年的枣熟得像弥补过错
我坐在梦中看奶奶的脸红胜夕阳

寒鸦叫破了村头酒旗

五岁时我踮起脚尖,她笑着给我撑伞
十五岁,离奶奶和天空都近了些
又落雨了,她坟头青草挺拔
当渐行渐远被目送
便懂了永恒

以 吻

梁婷婷

林中
荫翳抑或光斑
出生时是老人
所见日光之下并无甚喜
挥别时是婴孩
留恋叶落尘埃滴水欢诞
啼哭离开

日子
亮或是暗
伴着老旧昏聩
摇晃如灯碗
闪烁——
给虚情假意
冠以真心之名
给所能给的
一个吻
尽可能漫长

吻住水

海洋的颜色是冰

海洋的春秋大梦是在夏天的一个中午

他波光赤纯　晶莹鲜丽

有那么一秒

只要那么一秒

他酿成了酒

是最饱满诚恳而炽热的味道

此后经年　余香绕喉

即便生活没劲　一如既往的全是水味儿

也曾有不憋闷而浪漫酩酊的片刻

吻住虎耳

他化掉——

唇齿之间的痕迹

这虎属于你

便是永久地属于了

再夸大其词的情感背后

不过自以为是　平庸至极

虎引你见山见鹿　见你种一棵树

他要的是绿

漫山遍野

不是你

吻住纸

什么烟什么尘

都让你附着满身

这世上太多孤灯枯坐　笔耕不辍

没有顶峰　所以便没有新雪

意义不明的故作姿态

乘舟登山　热烈

弃笔长醉　深沉

写到极致的爱欲苦恨　也算坦荡

矫情都比别人多了三分

奥德修斯还在海上——

你走你的路吧

我也走你的

我是一场梦

梁婷婷

树影随天光而发生悸动

枝叶纠缠　黄绿不详

此刻没有蝉鸣

若你从这里经过

（一）

丢了一朵花么

在你哭泣之地

叹息无用　不如觅风

把凛冽都荡过去

绿色足以　筛掉寂寞

而红色　会使棱角渐渐消磨

你和那花　再无瓜葛

去长成树吧　快慢都好

柔和是你的主调

幸运的话　会有猴子在你身边安家

和他交个朋友吧

若是得意　便多绿些时日

消沉之时　就大睡一场

或许你我能够遇见啊

（二）

我是一场梦么

没来由的默契

你不知是我　我泪眼婆娑

我是一场欢会啊

我的落日

要与她的云河

相聚

把光亮都收好

丝缕全埋掉

一山一水的消息

此时都敛去

喧杂人声　轮子的烟尘气

遮过去　用清凉的风

他来迎她

他们点灯　一盏一盏的星

他们缱绻　时盈时缺的月

他们羹饭　深沉无尽的夜

她溺在云河

而你

进入我

竟还是梦么

　　　　（三）

春天花刚开的时候

我睡在草尖上

等待远方那鸟

鸟迟迟不到

刮来了风

猴子掉在我旁边的树上

他和我去了山里

山顶的草棚

山腰的小房

还有我去过的

喜欢的地方

夏天还残留春天的气味

不甚芬芳　但沁人心肠

我们的秋天
比夏天爱笑
他谈到了丢掉的翅膀
他说只是突然就不再想睡在云上
那么我想
他或许会和我一样

可我们没有捱过冬天
那只猴子最后也还是走
谁和谁也没成为朋友

袖

马才旦卓玛

我第一次背起小书包
你牵着我的手走在暖阳的春日里
路边的嫩柳枝丫拽住了你的衣袖
我闻到了你袖口撒落的
少女般雪花膏的香味

我低头在纸上转动着笔
你轻拍我肩膀告诉我六月的明媚
从窗外飞来的花蝴蝶亲吻了你的衣袖
我嗅到了你袖口飘落的
半生的柴米油盐

我坐在镜子前看你为我盘起长发
你握着我的手说幸福是秋日的绚烂
黄叶上晶莹的晨露跳上了你的袖口
我看到了你袖口洒落的
满地的牵挂

我搂着你苍老的肩坐在黄昏的长椅上
你缓缓伸出手触摸冬日里夕阳的余晖
飞舞而来的雪花扯了扯你的袖口
我看到你袖口摇落的
一生的岁月长河

作者简介：

马才旦卓玛，女，1996年生，籍贯为新疆维吾尔自治区伊犁市，现就读于西北大学文学院汉语言文学专业。

一个女人讲的故事

马思齐

开始时

沉默的片段从她唇边滑落

砸入胸前衣襟的褶皱

她眯缝的双眼干涩,皲裂的手指攥紧忍耐

她没有泄漏一丝的呜咽和喘息,说起她儿子的病时

也没有

讲到生动处,她还微微笑着

用衣袖拂落嘴角勾住的沧桑和心酸

她背后打开一扇门

关闭时却夹住生活的一角

已是顽固的结石

多余的坚硬在她和她儿子的血脉中流窜

她被挤压进一只密封的鲱鱼罐头

贼寇攻城略地

把她架在火上煎烧

然而她支撑双臂捧起的

是她儿子的第一声啼哭

在火光中,他吵闹着,逐渐变成吼叫

极度的明亮与极度的黑暗交替,他无法分辨

模糊邪恶的世界里她扮演他信仰的神

要结束时

她目光掠及众人

腼腆而平静

作者简介:

马思齐,女,1996年生,籍贯为辽宁省锦州市,现就读于陕西师范大学文学院中国古代文学专业。

车　厢

马思齐

车厢达到沸点

各色的苦难清数下锅

污水煮熟的五谷粥囫囵入肚

故乡碰撞故乡

制造娴熟的市场

语言肤浅肢体朴实叫卖乖张

肿胀的车厢呕吐挣扎

人群的线段重叠

困窘贩售着忍耐

疲倦支付账单

喧嚣遮掩了一场战争

用立方做赌注　乡音争抢

睡容复制　粘贴于模型之上

终点之前　车厢就是故乡

希 望

马思齐

在阳光惨烈的照射下

他依旧背影如蝗

自海底喷涌出的刹那

他用黝黑的双手行走

翻炒背上吸附的煎熬

他卷起汗水,处决身体的原告

走上法场,将赤裸展示给众神:

他是巨石也是荒草

压迫自身的同时被自身压迫

撑起自身的同时被自身撑起

他是蜷缩在贫民窟中软弱的力量

逃离的双腿缱绻绵延,祈求西西弗斯的溃败

他用艺术家的手指,触摸一头鹿的标本

隐忍的修辞哺育意义,消失的五脏诋毁生存

打扫苦难,他空空如也,在荒瘠的土壤里坠落扎根

他是这片领土的国王

尾　声

马思齐

　　街道的镜面湖水般摇晃地下水拉扯椿树的根须
　　黑色的山贮藏着永恒与时间飞天倒影在瞳孔的圆心静谧而疏远
　　远看那位古老的妇人和世界一般自然之至
　　椿树喃喃低语要做妇人的奴隶
　　瓶嘴已被打碎粗糙得划破树皮
　　飞天敛起手中的光芒用熊的外衣套住狼群
　　草木皆兵之时生活被闪电击中
　　街道两旁静静躺倒的瓶塞修补遗留的虫洞
　　根须吮吸破旧的灵感，伸展进空虚的镜面
　　古老的妇人接过我手中的包裹祭祀经过的时间

夜

马思齐

玫瑰囫囵的梳卷长发
裙边织起篝火
鸟兽戴好面具
准备代替人类祭祀

淡黄色的雾气在新月里弥漫
像一滴滑落的油
玉兔遮遮掩掩

山川蹲守麻木的身躯抖动
轻轻地咳一咳
溪边鹅卵石吓了一跳

海面上涨蔓延成黑色的水幕
海底的触角依旧纹丝不动

野马群雕塑盘踞草原
风的呼吸穿梭在孕育生命的雕塑中间

浅尝辄止

花的精灵举起露珠凝结的竖琴
为即将的黎明唱一支歌
滴滴答答
云妆初成

湿漉漉的睫毛捉住逃窜的月光
星辰打了个哈欠
埋头昏昏欲睡

小火球咕噜咕噜滚到山脚
它央求山神爷爷将它举到天上

归　去（组诗）

穆　卓

（一）我在南山的天际下不断生长

我不止一次见过迟暮的南山
沿着蜿蜒的山路上行，溪水逆山而走
一些叫不上名字的花朵纷纷经过我
而南山，逐渐占满我的眼帘

我在山顶的小院，从清晨静等至黄昏
山峦是土地给予城镇的温存
坠落在峻岭里的牲灵是天空遗落下的眼睛

喜鹊衔走一枚枯枝，遁入树林里
枯萎的生命在季节中不断逢春
山愈发神秘，当我揭开她的面纱
她却让生命从我眼前一一走过

我开始跟随着山路的起伏
触摸石子，在凋谢的松树旁驻足
蜂鸟交换的眼泪让天色转移到日暮

山的上空陡然涂抹为金黄

风声逐渐隐匿到石像中，南山就此学会低语
山腰上的土壤，也缓慢地消融旅人的嘈杂和虔诚
一株株的蒲公英盛开了
在夕阳的尾巴里
一棵草，不谙世事
也显得如此坚毅

（二）从天幕的际遇里获得平静

我注视着满城的烟火，再次沉默不语
朋友将烟灰和酒沫倒进花盆
种子在污渍里发酵，生出一个嫩绿的躯体
香气穿过窗纱，引来一只栖息于树杈的鸟
夜空将树叶遮蔽成黑色，赋给透明的水以深沉
面前的土壤越发僵硬、固执，情绪依次裂开
难以留下旅人的脚印和候鸟迁徙的痕迹
却把掷地有声的片段扣入耳中

我们在城镇里思忖乡村，怀念一种与世隔绝
抑或是怀念一种莫名的平静
山峦与高楼互为信仰，谁也不再渺小
却看到了彼此的脆弱

天空下的迹象息息相关
那些异样是黎明统一前的蠢蠢欲动
而在我的视觉里,已然没有什么不同

我们顺着一条通向小巷的路,偶遇家门,经过车站的风
接着探索这座小城的脊梁。
昏黄的午后,天空开始冷却,地面的人群呼吸沉稳而缓慢
这些浮现的光点,像一本旧世纪的读物,沉沉地被翻阅
在清晨到来前,毫不掩饰肌肤与头发的光泽

凌晨的天幕孕生出翠鸟的叫,而日暮时
麦穗已经对着空际低下了头
镜像给人宽容和慈悲,在深夜俯瞰下,所有徒劳归零
我们运转存在,打开双唇——敲打出整个季度的情结
不论一个人在哪里归去,牧野总会将梦境
深埋成森林繁茂生长的规律

(三) 遇见不可磨灭的事物

我不再相信上帝和天使
却遇到了善良的邻居
他们的爱像常青藤,渲染给周围
渲染给房前的地板
每个充满灵魂的早晨,皆为欣喜

阳光忽略玻璃的桎梏

齐刷刷地泻在地毯上

一只蚂蚁，顺着地面的缝隙爬行

搬运一粒残渣，锁存到墙角的巢穴里

万物均忙碌，在空气与阳光下

推敲日子里的悠长

再把艰辛放在石磨里，碾成伤痕的解药

我们所能给予的

像腊月屋檐上滴落的水，绵延、稀有

夜居的蜉蝣因为不知疲倦获得永恒

我的风也越过了厅堂，吹醒幼苗

让蕾苞努力呼吸，贪婪地去爱

任何拒绝阳光的借口，仿佛是老人的牙齿

松软，却洋溢着无奈

我们都是一只只山雀

在岁月的末梢里，修剪起背影

这片田野匆忙走过

而留下的渴望，已经足够回首

（四）在浮生里，沉淀一个灵魂

禅院的一角，孔雀虚晃开屏

家巧落在孔雀的羽毛上，平凡的喙交织高贵

少年开始打坐——盘腿、闭目、双手落于膝盖，发髻凝固

回眸和思绪在林荫里下沉。

他散发温度，在季节里，代表一幕幕色彩

却代替不了任何一个人的体温

此刻，钟声已悄然穿过了身后的墙壁

信徒将模糊的日子藏进菩提种子里

一双双眼睛凝神、聚焦，唇齿严肃

低语将秘密和心虚传递给神，神从不言语

一个微笑足以胜过整个春天的席卷

在书里搁浅、痛哭的人，已经属于大地的一部分

我们在迷失的时候，还极力拯救其他灵魂

木匠雕刻鸟笼，成为引来鸽子的窠臼

我们将脚步止于某一扇门窗前

也许，当遗忘所有空白的时候

一个人才会将储蓄的爱，奉献给另一个人

或是一件浮灰的事

（五）一生只爱一个人

我逐渐习惯这种生活

适应着约束的齿轮和命中注定的劫

面对村庄，面对衔走樱花的大雁
面对烧水、洗衣的你
当我蛰伏在地平线下，曾想
一生爱一个人是否太过遗憾

溪水里的暮年转瞬即逝
刺藤学会了温柔，让嫩芽
在他的棱角里生长，逐渐妩媚却充满生机
你还是那个采摘茶叶和夕阳的人
将热度传染成我心上的汤药，滋养山坡啃咬下的日头
我爱着屋前的郁金香，也爱着你
爱过的人留在了过去的花圃里

我在晚风里观察一株摇晃的芦苇
同时试着躲避人群，却终逃不出你的呼唤和眼睛
我跟着山间的小路，一次次经过你的磨坊
日子也被渐渐榨出了滋味儿

我也去净化我的眼眸，爱上眼中单一的色泽
想念成为捶磨情怀的一只口哨
催着牧羊人渐行渐远，推着村子的夜进入安眠
我等待你燃烧所有的灰烬
再将春风抚摸成一汪平淡的泉眼

当你迟缓地依偎在柳树下,编着花篮

我才清醒

一生爱一个人是否太过短暂

作者简介:

穆卓,男,1996 年生,籍贯为陕西省西安市,现就读于西北大学信息科学与技术学院物联网工程专业。

祭 萧 红

孙昱琨

城外桥上月亮就这么一直照着,
河灯流过,往下游去了。
零星得布在河上,
夜晚寂静得令人心中缓缓有了悲戚。
我瞧见了,
她的尸体,顺着河灯的方向也飘下去。
那一具干干净净尸体,
从呼兰河的水里、城里。
我明白的,
那头顶的月光也知道,
你是怎样将一生的哀叹都归于河流。

作者简介:

孙昱琨,女,1997年生,籍贯为陕西省渭南市,现就读于西北大学文学院汉语言文学专业。

隐 士

王可丽

（一）

皱眉咽下刚采的薇菜，

默念着斯是陋室与惟吾德馨。

我是一名隐士，

有一邻。

（二）

今天早上，

他送我一把自制的骨琴。

他说他是农夫要天天晓耕，

我为隐士亦当日日弹琴。

他说他知道秦王曾亲击缶，虞帝曾自挥琴；

也知道卞和曾悲泣玉，杨震曾固辞金。

他说他也曾在私塾门口站过几日，

也曾念念不忘过一颗隐逸之心。

他去年还送我一只鱼竿，

说愿我能自在垂钓寒水之滨。

我却又盯着他溅了几滴油渍的衣襟，
想起了他院里的家禽。

（三）

我抚摸着琴身粗糙的纹理，
心想这蚕丝细于我的缝衣针。
收回心绪，抹一根弦，
这一势为鹤鸣在阴。
我突然心中大恸，转头
眉头僵硬，面色发紧。
邻居仍笑嘻嘻地看着我，
仿佛前日小树林，
焚我琴煮我鹤的不是他！
罢弦，似有鹤长吟。

（四）

黄酒温二两，
我一人饮。

作者简介：

　　王可丽，女，1997年生，籍贯为陕西省渭南市，现就读于西北大学文学院汉语言文学专业。

山 行

吴英林

顶着另一个春天
解冻山涧持戒的鱼鳞

经过千百次磨打
失聪的双手把一震一竭
一弦一柱举至头顶之顶
拨响瘦削的草香

广莫之野,小径朗照
送归无影的飞鸟、月亮
与无穷之外的无穷

青山初生之前
为上玄,还是下玄?

或化生为鱼
吐出清定的绿珠
滴漏雪魂风魂

草魂月魂,灌顶的滴声
非春声亦非非春声

深秋乡宿

吴英林

追着霜降的板车逆流而上
巨大的沉默刺过月亮的背脊
刺过所有牲口的眼睛
丰饶的静默承受每一夜的分娩
哺育所有流血的童年。今夜
我们两手空空,承接空空的谷仓里
每一束隐痛降临、每一堆乱石重生

烟

吴英林

不是一株菩提,不是一根木头,

也不是一堆陈灰。在春天

从混沌的永夜中苏醒

识不得我的前世

在长着獠牙的烟囱里

在乡村褶皱的额头上爬行

不直、不圆、不能织成网

僵硬在半空,摔落在枯谷

我识不得一个兄弟和我自己

也许我做过塔基,拖着不知名的秋风

旋绕在我兄弟的巨足旁

从河姆渡到恒河

太阳会重生吗?如果重新化为一株菩提

如果每一个枝头上都点上烛光

如果每一缕火炬燃尽

如果陈灰里依然存着光明的火心

如果天上再降一场大雪

黄昏见湖畔火烈鸟雕塑

吴英林

它在夕阳中绝食
胃里混茫的青铜记忆长嚎
西沉的和已塑成的
太阳曲足静定,如它一样
不再相信火和岩石
只有夜的深处空明无比

它向水的肾脏走去
赎回曾典当的白色舞裙
不再守护淡白的幼卵以及
贵妇的酒杯,不再进食
鱼虾和水藻,不再相信
一切精确的孤独
走到黄昏的尽头
瘦成一座脱壳的雕塑

独　坐

徐振宇

旧时慢慢销蚀，
想独坐在一隅，
在时空交替的火花中，
偷得一丝宁静，

可是，我该独坐何方？

红蓝跑道，
俯身寻觅翻滚在草地上的热浪，
感受铁蹄般步伐的震荡，
细细品味冷却了的热情。

书香园第，
飘扬着梨园绝唱，
激荡着诗词无双，
还有我们带走的谆谆教诲的珍藏。

近水楼台，

遥想衡岳，相约钟南，
浸润在月夜的银光之中，
坠入思念的亘古绵长。

檀木窗边，
看落日、冷霜、轻雾、晨光。
听雏鸟欢呼雀跃，
吮厚土氤氲芬芳。

新日悄悄降临，
而我走出这一隅，
在时空交替的火花之中，
触摸到了光的方向。

作者简介：

徐振宇，男，1998年生，籍贯为湖南省长沙市，现就读于西北大学城市与环境学院城乡规划专业。

三月在雨中

张颖阳

如果每一朵花都有一个冬天,
我们走在雨里就不必悲伤。
如果你爱三月,
那就一并爱上三月的凄凉,
连同她衰老的姐妹,二月,
与已经死去的一月,一并爱上。
月亮从你内心升起,
白马踏遍牧场。
我的掌纹如酒坛酿着,
无从说起,
翻云覆雨的秘密。
我坐在雨中,等待幸福降临。
天赐的秘密,被一个过路人偷走,
当他再次经过,还可以拿什么归还?
我已白发苍苍,举目无亲。
葬下白马的地方就葬着月亮。
草原白色一片。走向王后,泪水滚下,
爱她残缺的身体,
爱她漂泊的灵魂。

门

张颖阳

谁敲响了破旧的门，
为何我会出现在门内，
当我拉开一道门，
我就推翻了一堵墙，
所有围在城里的人都将消失不见。

我没有理由拒绝开门，
正如所有的相遇都应当在黄昏发生，
谁将书写最温暖的谎言，
落日并没有出现，夜就已经到来。

我们坐在一起，一起怀疑夜的真实性，
是我们唯一存留的默契。
在夜色降临前，
只有善良的人不忘自嘲。
我们永远以微笑来解释我们的病体，
并选择以苦痛互相慰问彼此劳苦的岁月。

但每一句言语都必须尽力缩短，
比沙漏的颈还短，比黄昏更虚无，
所有的光都关在了门外。

如今我们又坐在同样的窗前，
曾经吹过我们的风雨却永不再返。

第 二 天

张颖阳

第二天,在故乡的寒夜望见繁星,

你吐出的雾气是星空燃烧的烟尘,

就在不久,烟花与森林也在这里燃烧。

第一天,看见传说中的妖魅从山中逃亡,

你仍静坐,一言不发,

正如第二天醒来你就笃定,

那些已经过去的人没有理由再次相见。

你拼命清理满是腥味的锈迹,

让迟钝的人捡起来的只是月光反射的碎片,

影子的影子。最终,你将石头运往山顶,

你要将它雕刻成什么样子?

山下每一寸土地本都可以"失去"

而成为光荣从此永生,

而你自讨苦吃已经多年,

戴着镣铐走到"失去"的反面,

时间的背面,虚伪的侧面,幻梦的正面。

二　月

张颖阳

卸下王冠,
我稳坐。在谷底,
我阔别已久的村庄,
潜藏着肮脏卑鄙
与人性的纯良。
收割后平坦的原野
坟前枯黄的衰草以及浓郁的泥土
与粪便的气息,
供我如荡子般游走。
天宽地广,四海为家。
在人间的谷底,在最低处的生活。
祖辈劳作的土地将我托起,
我无处可逃。
我为门前的两座山命名——
一个叫自由,一个叫贫穷。

夏日公交

张 慧

穿着十几年前样式的碎花裙

仿佛被时光的尘土包裹着

不化妆

在夏日的光阴下炙烤着

在车上流汗

在车上吹风

在车上等待的空间缩短

连时间都变得更长

公交车带着我穿过一万个景

恰好有一万个念头闪过

云有意会

树有言语

在弥漫着陌生人的空气里

我的灵感常常最多

作者简介：

张慧，女，1992年生，籍贯为陕西省西安市，现就读于西北大学城市与环境学院城市规划专业。

候　鸟

张　慧

为了候鸟停留的几个月

冬天迟迟不来

漫长的秋日啊

南方的海湾

有许多红树在生长

让候鸟筑家

有时从紫色的傍晚到黑夜开始闪动点点金光

我在岸上站立眺望

一只小白鹭也在木桩上站立眺望

许久

当它飞起

簌簌的声音

像雪花从天而降

我想

这个三月的时候

要和他们一起回北方

屋子里的女人

张 婧

窗外的阳光透过狭小的方口照了进来
一幅破旧的照片
一张泛冷的床铺
还有一个孤独的女人

光鲜亮丽的外表
掩盖不住她日渐枯萎的灵魂
黑暗如一张细密的网渐渐将她裹住
无法挣脱

回忆曾经住在这里的她
虽清贫但自由
每天只向往阳光倾泻的温暖
伸出手指
感受光在指尖跳动的舞步
心仿佛在那一刻也旋转跳跃着

而现在站在这里的她

只能依靠回忆去触碰自己逝去的美好
小心翼翼

女人勾起嘴角微微笑了笑
似乎是在怀念
但又像是对现在自己的嘲笑

"咯吱"一声,女人身靠着的床动了一下
她的梦醒了
于是她转身离去
似从未来过这里一样
冷漠了脸
转身又去追求她灵魂之外的东西

在她离开的那一刻
阳光也离开了这里
黑暗立刻侵袭了整间屋子

作者简介:

张婧,女,1996年生,籍贯为陕西省商洛市,现就读于西北大学文学院汉语言文学专业。

糖有多甜

赵 佳

你知道糖怎么形容嘛?
"一个醛基,六个碳原子。""不够。"
"那一个酮基,六个碳原子。""不行。"
"除了碳氢氧还有啥?""你呀。"
自从和你发生化学反应,
我的世界能尝到的糖的味道,
都以你为参照。

作者简介:

赵佳,女,1996年生,籍贯为山西省太原市,现就读于西北大学法学院法学专业。

我的头顶长了一棵树

朱怡蘅

最近我总觉得头顶将要长出一棵树
不知道是不是过路的鸟留下的馈赠
昏沉燃烧的黑色土壤
阵阵破土迸裂的喘息

我使劲摇晃着脑袋
颠倒又放平
我想让这暂住的种子
从圆脑袋上自然滑落
谁知道雾夜朦朦胧胧的
月亮才是最近的圆

猫头鱼身的青鲤游来又游去
萌芽的一切苦痛全都消失了
树种却陷入沉睡
我只能静静等待
下一个满月

作者简介：

朱怡蘅，女，1996年生，籍贯为安徽省滁州市，现就读于西北大学文学院汉语言文学（创意写作）专业。

雪泥鸿爪

——人生到处知何似,应似飞鸿踏雪泥。泥上偶然留指爪,鸿飞那复计东西(苏轼)

致那些曾经流亡西伯利亚的诗人

贾浅浅

有一年，滇池上空
飞来了成群的红嘴海鸥
它们越过贝加尔湖
携带着西伯利亚的口音
停落在人们目光忽视的枝丫上

风劈开一条光线的时候
它们的心脏迅速从四分音符
收缩成八分音符
盘旋在湖面上空

仰头望去那不停张合的翅膀
是动词对名词的一次次纵容
嗒，嗒……的声音如头发落在地上
轻的像西伯利亚的雪落在
那些倔强的头发上

一年又一年，越来越多的海鸥

磁铁般被自己的红嘴牵来这里
如同扫墓，啄回那些安静的记忆

只是人们未曾发现
它们有时也从巷道的垃圾里
吞咽腐烂的文字和脚注

作者简介：

贾浅浅，西北大学文学院副教授，鲁迅文学院第三十二届高研班学员，陕西省青年文学协会副主席，作品散见于《诗刊》《作家》《十月》《钟山》《星星》《山花》等，出版诗集《第一百个夜晚》，获第二届陕西青年文学奖·诗歌奖等荣誉，参加第八次全国青年作家创作会议。

在郑和公园想起 1405 年的夏天

贾浅浅

1405 年夏天,骚动的码头与喧哗的人群

一个船队即将远行

那些勾兑黑暗和火的上升的东西

烘烤害怕着大明王朝的光荣与梦想

仿佛我,就置身于彼时

那众多的脸谱中荡漾着我的一个笑脸

那时,阳光普照

我刚刚学会善待一切

我将启用我的二十六年光阴

去照料海浪和远方。

是谁让,迷人的泪水悄悄流

下,为那消失的反影

和冥想里永久的倾覆

我曾经在海洋的背面细数这些古国——

占城、爪哇、三佛齐国、暹罗、南天竺、

以及锡兰山国、木骨都束、忽鲁谟斯、苏门答腊
以及满刺加、柯枝、古里、阿丹，甚至还有美洲新大陆
我的每一眼都含着
数百年前远征的欢欣与忧虑
但都肯定着史诗的厚度。我原有的虚空
已装不下目光所及。会有哪些剩余的想象
去重新构造出那个被湮没的夏天？
历史暗淡下去了，数百年来，
我在风中镌刻的世界
依然停留在风中。

此时人来人往，此时草叶相随，
此时驰过一季或一世。
此时汽水音渐近渐强，滑过
我画在空中的弧线，
此时，"一个人去相遇，
那沉睡在黑暗中的灯塔……"

画

焦欣波

是一阵风把我吹向天空

是你撒了一把盐

给我的麦田涂上了味道

是你收割我

用五彩斑斓的云朵

将我带走

我贫穷地想去撕裂耳朵

想在荒凉的世界

奔向遥不可及的大海

在三月的季节

寻找神女遗落的花瓣

你是我梦中的萨满

犹如从古至今的神秘音符

你吸引我,用猴子的脸

和一颗牛的心

用绣着鸳鸯的手帕

我请求阳光、雨露和鹅卵石

一整套庄严的仪式

请求一条磅礴的大河

请求土崖下的花菜

还有夜里盛开的丁香花

画给我寂静的村庄

画给我一叶扁舟

作者简介：

焦欣波，籍贯为陕西省铜川市耀州区，文学博士，现就职于西北大学文学院，从事中国现当代戏剧史研究工作，主持国家社科基金项目一项，先后在《文学评论》《戏剧艺术》《中国现代文学研究丛刊》等核心期刊发表论文十多篇，出版有诗集《垂天之鱼》等。

公　　路
焦欣波

越过太阳底下发光的公路

我找到耕牛和我的镰刀

风突然改变了方向

不可企及的野草鲜艳无比

我只好顺着公路蹒跚而行

像逃避时间的断裂

像六神无主的蜻蜓乱飞在水面

巨大的落寞和雄厚而无垠的黄土

以及渐渐融化的内核

将我逼向茫然

我有点发慌

生命里仅有的河流不见了

我爱的发狂的河鸟不见了

连那一巢快乐的乌鸦也不见了

东边山岭挂起一坨与我无关的月白

汗沿着脊梁跌宕起伏地流下

我的肌肤产生一种莫名的痛感

迷糊我的眼

就在正南
我下到沟畔
胡乱砍一捆柴火
我看见一只跌落的风筝
被荆棘戳破了的多彩斑斓的风筝
不明事理的小孩丢弃的风筝
我拉起它返回燃烧的公路
用戏剧的手法高悬在牛尾

风筝起飞了
牛调头跑向一条湿滑而幽微的小道
我紧跟其后,挥舞镰刀
风筝保持与我一样的姿势
我保证与牛一样
我们踉跄,颠簸
飞着,跑着,飞着

关于手指的禁忌和谋杀葫芦兄弟的秘密

邱 晓

老人言,有两样东西

不能用手指

一是彩虹

二是葫芦

我严于律己

不犯第一条禁忌

东虹轰隆西虹雨

指一指,遭雷劈

一辈子,没媳妇儿

但是,我忍不住

指杀了李东家的

一只亚腰葫芦

李东种的葫芦

周正标致

任谁看见

都会称赞几句

原本,我想将它

偷偷摘下
李东家的狗
让我改变了主意

一连数日
我看四下无人
便隔着门楼
和十米空虚
向它狠狠地
狠狠地——指
左手，右手
来回交替
足之蹈之
配合着
手之舞之

李东什么都好
乖巧可爱
总是考第一
我不能让他
再有一整套的
葫芦兄弟
我喘息
我心跳加速

我双唇紧闭

我怕发出声音

破坏了我的法术

我相信，葫芦

是因我的诅咒

萎缩干枯

最后脱落在夏天的一个晌午

那天我听到李东

直到半夜的号哭

多年以后

我向李东坦白

这个秘密

李东说没有的事

他说他从来没有

种过葫芦

他说他喜欢黑猫警长

而不是葫芦兄弟

也不会傻到

为一只葫芦而哭泣

另有一种可能：

我向李东坦白

这个秘密

李东微带醉意

扳着我的手指说

"我就知道

一定是你

我早就知道

肯定是你"

作者简介：

邱晓，籍贯为山东省淄博市淄川区，西北大学文学院教师。

偶过荷塘,我想变成一个哪吒

邱 晓

我想变成一个哪吒

一支荷箭

耍成火尖枪

两片荷叶

滚动风火轮

挂一个肚兜

在水上巡航

就像那个穿着

红色背心的

滑板少年

在广场上,涌动

一波一波的热浪

时维六月

序属仲夏

偶过荷塘

我想变成一个哪吒

什么齐天大圣

二郎真君

统统不在话下

三头六臂

耳听八方

一言不合

哇呀呀——

让我们厮杀

不分胜负不回家

玩累了

就地睡成一朵

未放的莲花

雷霆不惊

风雨不怕

人间的温水

尚 斌

鹤立在我们灵魂中央最闪烁的部分
不是复杂与复杂如海的反光镜
而是简单的含量。走过墨绿色的草场
我看见你的骄傲,时时在飞,媚而坚
但它通往冬天的超市,雾里怪鸟密布
我理解你树立刻度的方式,因为我
也从那种锐角中刻骨地抖动过翅膀
现在,你停泊在古老山崖的近处
痛快交出葱茏的宁静。回乡的路途
还未确立,但我欣喜:当我们重复
蚂蚁的频率,到达傻子们散尽的树下
你收拢羽毛,我抚摸,用人间的温水

作者简介:

尚斌,诗人,籍贯为陕西省杨陵区,现为西北大学文学院硕士生导师、"抒雁杯"诗歌大赛评委和"终南诗社"指导教师,曾获浙江大学文学大奖赛一等奖、西北大学文学院青年教师赛教一等奖。诗作发表于《诗歌月刊》《诗歌报》等刊,文学批评发表于《文艺报》《延河》等刊。

大雪驶过古郡县

尚 斌

你走在雪里
走在天地的杯盏里
这可不只是一件零度以下的事实
你的步频必须低沉
　　必须低于雪片的降落
低于世界文学中假的阿赫玛托娃
　　坠海的加速度

你唯有代替住洞老参,等待
冰钻石深处的长灯蓦然亮起
布碎变成星色
瓦片忘记檐霜
才可以平等地镇压古时候的撼动:
　　一江雪光论原道的美景
　　一船野兽静穆讲具城的白夜

明月的温柔

杨遇青

明月是成吉思汗不曾问鼎的温柔
他的白马群是昆仑山上消融的云
马蹄上钉着铁钉得得地响
马鞭呼啸着抽在历史的脊梁

成吉思汗是个流浪的牧人
为了水源一直把马牧到太平洋
他看着膘肥体壮的马吃吃地笑
抹下旧毡帽丢在身旁便盖住了长安
以及生长小词的水乡

可他的马蹲在大明宫的台阶上
回回头看看月亮,明月是它撞碎在阶上的泪花
斡难河畔草是马群猎猎飞动的鬃毛
斡难河里的酒香醉了马头琴里的忧伤

斡难河里的月亮呵,照过光着脚丫的铁木真
照见月下飞驰的马群与酒香里醉了的琴

马蹄钉上铁钉可以踏碎一个星球

可就在你疼痛的温柔里做了个含泪的囚徒

作者简介：

杨遇青，1979 年生，籍贯为陕西省绥德县，西北大学文学院副院长、副教授，博士生导师，文学博士，中国史博士后。

戈壁生涯

杨遇青

长城死后蹲着像骆驼嶙峋的白骨
想象三千年来英雄的远出
长戟上挑着月亮以及行囊
思念被冻得冰冷,一摸就是一种彻骨凉

一杆戟挡住玉门关外三千里戈壁
三百万匈奴可是一夜间白头如苇
黄河畔上秋来时如死亡的梦魇
哪一天醒来铠甲竟被洗净在秋天的眼泪里

我踵着倾颓的历史咀嚼戈壁峭立的岁月
希望秋风与沙粒把我磨砺成一柄黝黑的大戟

我亦如小草把根与泥土重叠
饮着战友的泣血面向夕阳与姗姗来迟的秋霜
渴望走进蔫黄,我便承受了痛觉与辉煌
让绿的姿态死成一片泥土
一如猎猎沙漠埋葬历史不肯倒下的白骨

大雪是唱给死亡的悼文

满天如泣的雪证明它的胆怯与凄凉

有一天我又在雪花里绽放,证明冬天濒临死亡

历来坚强在古长城下的战火里如斯平常

雁字回时

——云中谁寄锦书来,雁字回时,月满西楼(李清照)

忆 江 南（联章词）

刘明宇

秦楼夜，几度见寒鸦。弦引相思催烛泪，风嗟无奈陨灯花。残月在天涯。

天涯客，桑梓作他乡。群雁齐归千木飒，孤衾欹枕一宵凉。桂影照秋江。

秋江舸，不系自漂游。金屋路遥穿望眼，玉弓眉蹙转凄眸。碧水怨长流。

长流远，何日到星桥。省记临芳偕鼓瑟，那堪衔恨子吹箫。杯酒未曾消。

曾消泯，言笑渐朦胧。锦鲤赴闱呈尺素，鲛珠和墨褪笺红。情意与君同。

作者简介：

刘明宇，男，1997年生，籍贯为河北省唐山市，现就读于首都师范大学文学院汉语言文学专业。

蝶 恋 花

邓 博

月落樱花香黛浅,红浥春绢,玉蝶清晖减。灯暖幽帷魂欲倩,小屏梦画双栖燕。

一枕梦寒春已半,依约芳笺,不识东风面。镜里芳丝烟袅乱,如何清泪无言断?

作者简介:

邓博,男,1994年生,籍贯为湖北省黄冈市,现就读于西北大学文学院汉语言文学专业。

梦祖父母

任松林

枕外相思岂易空，仙乡来月照朦胧。
顿凉此夜阶庭露，难到孤坟松柏风。
寐里音容浑似昨，云间蓬岛不飞鸿。
醒来犹自成新别，两隔唯能听壁虫。

作者简介：

任松林，男，1995年生，籍贯为贵州省铜仁市，现就读于南京大学外国语学院德语专业。

蝶恋花·念旧交

宋声钰

墙外春桃争绮俏。风惹香遥，晨露时时好。墙内流炉烟色绕。泼茶湿卷慵妆笑。

双鲤不闻音信杳。红袖卿卿，暖帐红烛照。原是此心空寄了。依依倩语低低诮。

作者简介：

宋声钰，女，1997年生，籍贯为江苏省，现就读于西北大学文学院汉语言文学专业。

七绝·清晨牧牛图

肖 云

平江缓缓映天红,两岸人家犹梦中。
遥望老牛滩上饮,牧童何处可相逢?

作者简介:

肖云,男,1992年生,籍贯为湖北省荆州市,现就读于苏州大学数学科学学院计算数学专业。

临江仙·与陈江二友郊游有感

杨 宝

雁子去时梳剪柳,秋风催老荷塘。才来无处觅鸳鸯。瀚波乘不动,一叶满昏黄。

几曾共将雕楼倚,却抒今古愁肠。凭栏一望叹沧桑。梧桐黄可绿,世事百无常。

作者简介:

杨宝,男,1996年生,籍贯为湖北省恩施市,现就读于西北大学文学院广播电视编导专业,笔名夜灵子。

七律平起·过秦庄襄王陵

张丰恺

韩森道阔行人乱,深巷偏隅逝者安。
伏虎扬鹰秦楚地,宏图未展血先干。
始皇功业传千古,嬴楚茔前野堇斑。
唯见牛毛缥缈日,一片白雾上青墦。

作者简介:

张丰恺,男,1998年生,籍贯为陕西省西安市,现就读于西北大学文学院汉语言文学(创意写作)专业。

浣溪沙·尖岗岭寄怀

张皓文

尖岗孤行莫念还,红尘都入旅途间。何时不允一开颜。

乍解乡心都是梦,重温世味竟如禅。凭栏默默看云山。

作者简介:

张皓文,男,1995 年生,籍贯为四川省乐山市,现就读于桂林电子科技大学材料科学与工程学院高分子材料与工程专业。

采石矶怀黄仲则

张子璇

隔岸小艇成蜂群,采石片矶悬暮云。
君昔作歌忆太白,我作长歌当忆君。
浩荡天风来江左,人间楼台同一舸。
槛外落晖俱沉沦,澄江余烬尚有火。
其底仿佛燃犀灰,渊洞长向水崖开。
寻常铁锁通绝巘,绵延大壑岂止哉。
高阁下望皆广泊,竹君于此宴宾客。
倚马捷才君所擅,君年最少袷衣白。
念我秦中束发时,灯前次韵绮怀诗。
旧游千里客武进,马山埠头莫得知。
佳气郁盘浮石渚,青莲踪迹剩抔土。
怜君归去二百年,抔土不存空山雾。

作者简介:

张子璇,男,1999 年生,籍贯为陕西省咸阳市,现就读于南京师范大学古典文献学专业。

行香子·嘉峪关

张颖阳

嘉峪楼头,风月凝愁。何时诉?千里离忧。胡儿飞马,血泪难收。叹故人稀,良人远,佳人秋。

家书谁寄,山迢尘漫。忆长安,锦玉貂裘。关河梦断,葬与沙州。任道归语,思归路,系归舟。

闻中通发湖北有感

张洒洒

南国多沟壑,荆襄少坦途。
音书期不至,消息杳还无。
身同洪波远,人随木叶枯。
怜君苦相寄,念此独长吁。

作者简介:

张洒洒,男,1995 年生,籍贯为陕西省宝鸡市,现就读于西安工业大学人文学院汉语言文学专业。

附 录

《第五届"抒雁杯"青春诗会优秀作品选》序

邱 晓

雷抒雁有部书,《雁过留声》。他刚离世的时候,我想到的就是"雁过留声"这个词。如果说雷抒雁果真是一只大雁,那么他的诗文就是嘹亮的鸣声。天鸟飞逝,但雁声常鸣。按照科学的解释,只要存在,必留痕迹(犯罪学上也有"只要接触,必留痕迹"的说法)。声音或者说声波从来不会完全消失,只是它的可感度越来越低,最终超出了听觉极限。所以,我们有理由换一种眼光看待泰戈尔的名诗:"天空没有留下翅膀的痕迹,但我已飞过。"痕迹不仅是视觉上的,也可以是其他感官领域中的,比如说它以声音的方式存在着。雁过留声,雷抒雁的诗是他的生命一种改头换面的存在方式。同时,雷抒雁的离世,也催生了另外一个事物,那就是我们的"抒雁杯"诗歌赛和青春诗会,它们也是雷抒雁生命的另一种存在样式。我们今天写下的许多诗,都与雷抒雁有特定的关系。没有雷抒雁,我们也可能会写诗,但那是在另外的时空中写下的别样的诗。我们青春诗会上的诗,具有偶然中的必然性,是我们与雷抒雁结下的一段善缘。这一切都和雷抒雁的存在和离开有关。他存在的时候,他写诗。当他离开,我们写诗。一个人不但自己创造了诗,还促成了另外一些人的创造,对于这样的一个生命,我不相信死亡会停止一切。一个有价值的生命是不会凭空消失的。他只是变换了一种生命存在的样式,就像歌德所说,生命的意义就是"死和变",死亡不是消失,而是变化。70岁的雷抒雁变换了他存在的方式,变成了他笔下的诗,并催生了我们的诗。古人讲文学是"不朽之盛事",我正是由此来理解的。

其实,死亡和变化不仅发生在生命的终点,而且发生在一个有机体生命过程中的时时刻刻。鲁迅说:"爱情必须时时更新、生长、创造。"何止爱情,整个生命都须如此。人体每一个细胞的新陈代谢都是死亡和变化。肉体每时每刻都在自我更新,精神上的理想状态似乎也应该苟日新,日日新,又日新。只有这样,精神与肉体才能相互匹配、同步而行,新新不已的生命经验才具备可能性。生命经验的得失是一种辩证关系。有得必有失。这是生命革故鼎新的自然之道。然而,那必然被更新的、旧的生命经验并非因它必然被代替而丧失价值。那是我们生命中一段真实的存在。它存在过,真实地占据时空,并用一具肉身携带着无限情思和智慧。人是一种伤感的物种,没有人会对这些喜怒哀乐、灵心一动的行将消亡和那健美肉身必将变老变丑而无动于衷。生命是一条河,无人能逆流而上,那就因势利导,转化生命的存在方式。对于肉身,从某人身体上脱落的一个细胞即可长成一个新人;对于精神,有科学发现、技术发明,有艺术创造,有诗。因为有诗,我们生命中任何一个时刻的喜怒哀乐都可能存活下来;因为有诗,我们终将逝去的青春有了回响,有了寄托。

青春美好,似水流年。生命是一条河,青春的体验是泛滥无形的水,不易捕捉,也不易定型。把青春塑造成什么样,取决于我们选择的工具和创造方式。如果你拿起一支笔,写下一首诗,那么你的青春就有了诗的样子。许多个朋友写下了诗,于是我们有了"抒雁杯",有了青春诗会。对于生命,对于青春,但愿我们的诗能"把住一些把不住的事体"(冯至《十四行集》)。

          2017 年 5 月 23 日

天意君须会，人间要好诗

——《第六届"抒雁杯"青春诗会优秀作品选》序

刘炜评

"抒雁杯"青春诗会已经成功举办了五届。正在进行中的第六届诗会的人气之旺和作品之多，较往年更为可喜。可以说，它与"黑美人"艺术节、文苑华章等品牌交相辉映，展现着西北大学文学院"守正创新，知能并重"的人才培养理念逐年落到实处，并成为西北大学校园文化建设的重要组成部分。

从1985年留校工作至今，作为文学院的一名教师，我和同事们目睹了学校尤其是文学院人才培养、学术研究等事业的开拓与提升，见证了以"黑美人"艺术节为代表的诸多工程、活动、项目等的春华秋实。不仅如此，如果把视域放大到校史，我们就会发现，更让我们感到自豪的是，既高擎人文旗帜，又拓展科技殿堂的自觉自为，通贯西北大学116年的风雨历程，并成为一种生生不息的精神原动力。校歌里的"滋兰树蕙满庭芳"，形容的正是这种原动力的"热值"与"光效"。

限于篇幅，这里只谈谈西北大学的诗歌文化传统与气象。

我国素称"诗的国度"，人莫不知。"五四"运动以降，白话新诗崛起并成为主流以至于今，极大地改变了文言诗体一枝独秀的状况；旧体诗创作虽一度低迷，但生命力依然坚韧，近30多年来重新焕发出生机，更是不争的事实。新旧两种诗体长期共荣共存，相互促进发展，注定是中国当代诗歌文化的基本格局。

西北大学诗歌文化的过去、现在和将来，呼应着、融入了这样的时代大环境。研究与创作彼此给力，旧体与白话各擅胜场，鸿儒轩鬐于前，俊彦奋翮于后，英杰辈出，实绩丰实，大致构成了西北大学诗歌文化的百年生态与景象。

——以傅庚生教授《中国文学欣赏举隅》、雷树田教授《诗词曲赋联语格律问答》、张孝评教授《诗歌美学》、李浩教授《唐诗的美学阐释》等为代表的课程开设或著作传播，支撑起了西北大学诗歌理论与批评的学术优势。

——由刘持生、郝御风、陈直、杨春霖、武复兴、雷树田、李志慧、月人、周晓陆、徐耿华、王锋、汪涛、吴嘉、陶成涛、王彦龙等几代师生组成的旧体诗人方阵，堪称现当代陕西骚坛的生力军之一。

——由牛汉、雷抒雁、和谷、朱文杰、渭水、刁永泉、商子秦、岛子、薛保勤、陈敏、丁斯、刘亚丽、杨莹、尚斌等几代师生组成的白话诗人群体，是"西北大学作家群"名实相副的标志之一。其中，一些诗人的杰出创作成就，早已成为中国现当代诗史的关注对象。

我个人以为，傅庚生先生、刘持生先生和雷抒雁先生三位先贤，分别是我校诗歌研究、旧体诗创作、白话诗创作三个方面的代表人物。青春诗会以"抒雁杯"命名，既体现着西北大学学人对于本校诗歌文化传统的认知，更体现着西北大学学人循守诗道、高擎诗帜、固本开新、踵事增华的热忱。

置身于这样的背景下赏阅本届青春诗会获奖作品，我的鲜明感受，可以以八字统言：有承有变，情辞并茂。试看不同年代大学生诗人就同一主题——乡愁，所作的诗。

丁斯《农民》：

你是两条呻吟的铁轨/痛苦地弯曲/如蜕皮的蛇艰难地向前延伸

不管时代的列车/行驶得多么快/你始终趴在地面/承受着最大的压力

你没有站立的时候/土地和家庭/是无数螺钉/把你在地球上钉死

这首诗创作于1983年，作者是大学二年级学生，与我同舍，后收入作者自选集《疯狂的头发》。全诗的基本情感立场，是对于"土地和家庭"显在的哀叹与潜在的疏离，传达了"高加林"（路遥小说《人生》的主人公）们的强烈心声：告别农耕社会，融入城市文明。

35年过去了，中国的城市化进程取得了巨大的进展，但城乡真正一体化时代的到来，尚须等待一定时日；即使一体化全面实现，新的现实问题又将困扰人们。所以我们看到，新世纪的从乡村走进大学的校园诗人笔下的乡愁，既呼应着"学兄诗人"青春之作的惆怅与焦灼，又承载着复杂得多的意绪。

吴英林《回乡（组诗）·老屋》：

深秋。祖父死了/祖母哭得像个孩子。那夜/我梦见，他们牛车的木轮滚得比牛更慢/于是，五十八年的爱情只有一半/一半红色、一半白色的唢呐号叫着/稻穗的饥饿只有一半，黑瓦和秋霜一半/牵着鼻绳归于尘土，是团圆，是静寂/是时间从未开始，是

不可能

覃昌琦《比故乡更远的是走向母亲》片段：

读母亲的时刻，土地生长槐枣的裂隙里照见我/比故乡更远的是走向母亲。/我是一只抟泥筑窝的燕子/在老旧的屋檐下仿造/孕育我的抽象的母体

袁伟《瓦上霜（组诗）·瓦舍》片段：

一片瓦，是至阴至阳之物/而黄和青是无坚可摧的内外核/年岁久了，就用坠落提醒主人去检修/我对每一片瓦都心存敬畏，因为/受过太多苦难的人死后没力气升天/瓦舍，就是祖辈们唯一可以爬升的高度

相较于《农民》的满纸冷峻与凄凉，《老屋》等三首固然也咀嚼着悲苦，然而它们的主导倾向，却是对于乡园已经逝去和正在逝去的温馨情境的眷顾和依恋。换言之，四篇作品皆为悲情之咏、痛感之吟，但就情怀诉求而言，前一首显现着十分明晰的非此即彼的决然性，后三篇则交织、变奏着不易说清道明的游移和怅惘，更近于复调宣叙。

在感受着异时变迁的同时，我也看到了不同代际校园诗人们人文气质、审美思致的承继性——以敏感、炽热、跃动的诗心感受历史和现实的晴风晦雨，使才披情以措句，铺采摛文以成篇。

赏阅数十篇旧体诗，我的心情更为欣慰，以至于振奋——多数作品"范儿"很正，可以看出作者们不仅有着高涨的写诗填词的热情，而且经历过比较扎实的基础训练。

张子璇《采石矶怀黄仲则》：

隔岸小艇成蜂群，采石片矶悬暮云。君昔作歌忆太白，我作

长歌当忆君。浩荡天风来江左。人间楼台同一舸。槛外落晖俱沉沦，澄江余烬尚有火。其底仿佛燃犀灰，渊洞长向水崖开。寻常铁锁通绝巘，绵延大壑岂止哉。高阁下望皆广泊，竹君于此宴宾客。倚马捷才君所擅，君年最少裕衣白。念我秦中束发时，灯前次韵绮怀诗。旧游千里客武进，马山埠头莫得知。佳气郁盘浮石渚，青莲踪迹剩抔土。怜君归去二百年，抔土不存空山雾。

读者不妨以此作对读明代诗人高启的名作《登金陵雨花台望大江》："大江来从万山中，山势尽与江流东。钟山如龙独西上，欲破巨浪乘长风。江山相雄不相让，形胜争夸天下壮。……英雄乘时务割据，几度战血流寒潮。我生幸逢圣人起南国，祸乱初平事休息，从今四海永为家，不用长江限南北。"两首诗的立意相去甚远，但就情由衷发、意不虚表、意象飞动、气脉流畅而言，张诗不比高诗逊色多少。西北大学校友、著名作家方英文曾说："我们作为师长，对晚辈德能的量长较短，一定要减去年龄差。"我从高中便开始学写诗词，读大学期间，更以"蛮拼的"劲头为之。必须说的是，在二十上下的年龄段，我是写不出《采石矶怀黄仲则》这样的七言歌行的。撇开天赋方面的差距，张子璇同学能写出如此佳作，亦可说得了"国学热"的时代之赐——在儿童和少年时期，便打下了比我们这代人扎实得多的旧体诗童子功。

继雷树田教授之后，我在文学院承担了"诗词曲赋创作"课程的教学任务，16年来庶竭驽钝，为本科学生的旧体诗入门做了一些工作。每一位学生创作的进步，都让我由衷欢喜。评阅这届诗会的旧体诗作，更加坚定了我催笋成竹、润花著果的信心。

本届诗会的作品征集，面向全国的校园诗人，因而收到的稿件质量更能体现当下全国大学生诗歌创作的大致面貌。

苛求"青春诗会"的作者们都能写出成熟、老辣的诗篇，是不现实的，也是不必要的，但有守有为、且行且思是一切行业的通则，有了一定创作积累的年轻诗人，更有必要时时反察自己的不足，有效调整自己的步伐。

"纵观近百年来的中国诗史，可以说旧体诗、白话诗的发展，都不够理想。毛泽东数次谈话中说的'迄无成功'，至今并未有实质性的改变……白话诗的形式定型即实现文本的民族化，与旧体诗的自臻新境即获得气骨的现代性，并是一个艰难的、漫长的过程，尤其后者。"（拙文《"火气"与"挚情"——评杨宪益先生诗》）这是历史和现实向中国当代两大阵营诗人布置的"大作业"。雷抒雁先生晚年提出的几个问题，便是期待每一位当代诗人认真作答的思考题：诗人如何克服个人体验与经验的局限性；新诗如何坚守诗性并对民族语言有所贡献；新诗如何汲取母土传统诗歌的文化营养。

我常常回味牛汉先生和雷抒雁先生的重要诗论。兹录两小段与校园诗人们共勉：

牛汉："对于诗创作者来说，无论如何想象和幻想，写人世间从未有过的景象，都可写得真真切切，其中绝无虚构的成分。这是因为每首诗都是诗人生命的体验的结果，语言浸透了作者的真诚。"

雷抒雁："一个人写诗写成什么样子，往往是他自己的修养、情感和理念所决定的。我觉得一个大的诗人，他的胸怀和志向也应该是大的。有爱心,有同情心,以之来抚慰全人类,献给大自然,这是一个诗人应该具备的素质。"

是为序。

2018年6月7日